Heloisa

que sabe, lúcida, juntar
a voz antiga ao canto novo
e o novo canto ao jeito
bem heloisiano
Heloisa
luís de ouro de poesia
sutil no jogo da canção
aberta em frol e na onda alta
do mar d'amor
que em neblina de aljôfar se derrama
sobre o maranhão do fado humano
Heloisa em seu castelo
de cem torreões de nuvens meigas
onde o lirismo fez morada
Heloisa, a que no branco
da página acompanha
a fuga de uma palavra alada
e nos transporta no seu ritmo

CARLOS DRUMMOND DE ANDRADE

OBRAS DA AUTORA

Teatro

Paixão da terra – 1957. 1° prêmio do Serviço Nacional de Teatro como "Melhor drama", conferido pela Prefeitura do Distrito Federal. Prêmio de "Autor Revelação" da Associação dos Críticos de Arte do Rio de Janeiro. Editada em 1958 pelo Serviço Nacional de Teatro do MEC.
Tiradentes – 1970. Menção honrosa no concurso "Moderna Dramaturgia Brasileira, Opinião 70".
Inês de Castro, a rainha morta – 1974. Prêmio Pinheiro Chagas, conferido por Portugal; menção honrosa no concurso literário do Instituto Nacional do Livro; e prêmio Arthur Azevedo, Teatro, da Academia Brasileira de Letras, em 1985. Edição do Serviço Nacional de Teatro.

Poesia

Castelo interior e moradas (contém apenas as três primeiras moradas) – 1974. 1ª ed., Editora Porta de Livraria. Menção especial do Prêmio Fernando Chinaglia.
Castelo interior e moradas (edição completa com sete moradas) – 1978. 2ª ed. revista e ampliada, Co-edição Instituto Nacional do Livro/MEC e Editora Quíron.
Antologia erótica – 1984. Editora Anima. Co-participante.

Romance

Lucrécia – 1979. Editora Civilização Brasileira. Prêmio Coelho Neto da Academia Brasileira de Letras.
Florinda – 1982. Editora Codecri. Prêmio da Associação Paulista de Críticos de Arte.
Dona Leonor Telles – 1985. José Olympio Editora.
A viagem, Mysticis umbraculis, a *prosa dos loucos* – Prêmio Afonso Arinos da Academia Brasileira de Letras. Inédito.
A rainha de Navarra – 1986. José Olympio Editora. Prêmio no Concurso Nacional Coplaven de Literatura como "Melhor Romance da Década de 1980/90", Estado de Goiás, 1992.
Adriana – 1990. Rio Fundo Editora.

Heloisa Maranhão

Rosa Maria Egipcíaca da Vera Cruz

A incrível trajetória de uma princesa negra entre a prostituição e a santidade

EDITORA ROSA DOS TEMPOS

CIP-Brasil. Catalogação-na-fonte
Sindicato Nacional dos Editores de Livros, RJ.

	Maranhão, Heloisa
M426r	Rosa Maria Egipcíaca da Vera Cruz: a incrível trajetória de uma princesa negra entre a prostituição e a santidade / Heloisa Maranhão. – Rio de Janeiro: Record: Rosa dos Tempos, 1997.
	ISBN 85-01-04757-0
	1. Romance brasileiro. I. Título.
	CDD – 869.93
96-1252	CDU – 869.0(81)-3

Direitos exclusivos de publicação desta edição
adquiridos pela
EDITORA ROSA DOS TEMPOS
Um selo da
DISTRIBUIDORA RECORD DE SERVIÇOS DE IMPRENSA S.A.
Rua Argentina 171 – 20921-380 Rio de Janeiro, RJ – Tel.: 585-2000

Impresso no Brasil

ISBN 85-01-04757-0

PEDIDOS PELO REEMBOLSO POSTAL
Caixa Postal 23.052 – Rio de Janeiro, RJ – 20922-970

"...de onde vens? Para onde vais? Quem te guia?
Com tão pouco temor de Deus te atreves...
a contentar tua louca fantasia."

MIGUEL DE CERVANTES SAAVEDRA
Tratos de Argel

Sumário

DO COMEÇO

— Aonde é que você vai?

— Almoçar no Palácio das Águas Claras com o governador de Brasília, o ministro da Cultura da Nigéria, Tony Momok, e o escritor Wole Soiynka, Nobel de Literatura de 1986. Depois, subimos a rampa do Palácio do Planalto para bater papo com o presidente do Brasil. No cardápio: cultura negra e literatura.

Sente-se aí, escritora. Diante da mesa. Máquina de escrever, pronta.

Comece o seu novo romance, imediatamente.

— Bonita moça negra, quem é você?

— Vamos. O romance. Não devo esperar. Não posso.

— Impossível. Estou de viagem marcada esta noite para Salvador. Solenidades de abertura da Casa do Benim. Terreiros de candomblé. A Casa do Benim é um imponente casarão de quatro pavimentos e quase uma centena de janelas. Foi restaurado pela arquiteta Lina Bo Bardi a partir das ruínas de uma residência incendiada. A administração vai ficar a cargo da Fundação Pierre Verger. Almoço com o prefeito. Lançamento do *Jornal do Pelourinho*, editado pela Prefeitura. Ando às voltas com o rei de Ketu, Adé Tutu, um descendente direto de Oxosse, protetor do mato e da caça, também conhecido pelo nome de São Jorge; e Daggbo Hounon Houna, chefe supremo dos voduns; os ministros da Cultura, Ousmane Batokô; das Relações Exteriores, Guy Hazoumé; da Indústria e Comércio, Giri Gissou, e o prefeito de Cotonou, Gandonov Codjá, além de dançarinos e artesãos do Benim. Logo em seguida, ficamos em Salvador apenas quatro dias, todo mundo se manda para a capital paulista para a inauguração de uma mostra de artesanato benimense no Museu de Arte de São Paulo. Estou ocupada. Lutando pela inclusão da história da África negra nos currículos escolares. É necessário marcar definitivamente a contribuição valiosa da cultura negro-africana no Brasil, e que é tão importante quanto a contribuição portuguesa ou indígena. Nós sabemos tanto a respeito de heróis europeus e norte e sul-americanos, mas, *hélas*, desconhecemos impérios e reis negros, obás e olus administrando com habilidade e superior inteligência os seus reinos, poderosos e fortes, em pé de igualdade com os monarcas portugueses e espanhóis. Considere-se Preste João, imperador da Etiópia. Veja-se o Egito governado no correr do tempo por várias dinastias negras. As cortes do Congo tão brilhantes e civilizadas. E como não falar, no Brasil, de pretos ilustres como José do Patrocínio, o jornalista; André Rebouças, o engenheiro; Juliano Moreira, o psiquiatra; Teodoro Sampaio, o geógrafo.

Aqui entre nós, todo dia eu rezo a São Benedito, o iluminado negro. Admiro o rei mago Baltasar. Sei a história de São Elesbão, o imperador; de Santa Ifigênia, a princesa. Todos negros. E a rainha de Sabá, hein?, cuja sabedoria impressionou o rei Salomão. E é ou não é uma santa negra a padroeira do Brasil? Nossa Senhora da Aparecida. Mas quem é você?

Um homem embuçado num manto roxo surge de repente e se apresenta diante de mim. Descobre o rosto. Tem grandes bigodes de pêlos duros. Olhar de tigre enjaulado, reflexos marrons, estrias amarelas. Cheira a suor. Rosna:

— Até que enfim. Eu amanhecia e anoitecia e pelo dia e pela noite eu não tinha ninguém para dizer "Oi". Ah: viva a vida, não há morte. Tenha cuidado somente com a loucura.

Fico muito aflita. Indago:

— Quem é você? Quem são vocês dois? Quem é você, moça negra? E ele?

A moça negra responde:

— Eu me chamo Rosa Maria Egipcíaca da Vera Cruz. Isso, depois que eu fui batizada. Antes, era só Xirico. Procure conhecer quem é ele. Tão fácil.

O embuçado abandona o seu manto. Olho bem. Sotaina cerzida. Descalço. Ereto. Desconfio que use cinturão de espinhos que se crava em seus rins. Rosa Maria Egipcíaca da Vera Cruz, ou sei lá, Xirico, anuncia.

— É o padre Xota.

Ele abre os braços como se estivesse no púlpito.

— Prometo guerra à inflação. Este país deve erguer-se sobre os joelhos, em vez de viver se arrastando. Ofereço pão, trabalho e grandeza. O povo só quer promessas para poder entregar sem arrependimento o seu coração. Não vou me esquecer das variantes religiosas. Espiritismo. Esportes. Ser pederasta ou astrólogo ajuda muito. Para as mulheres o caminho continua o mesmo. Sempre o amor. Prostituição. Abraços ardentes. Estonteante fornicação. Noites para enfrentar desejos na guerra da paixão. Bonito, tão bonito, essas jovens de lindos seios à mostra, rosto colorido com pós de Alexandria, perfumadas a flor de laranjeira, cuidadosamente macerada.

Padre Xota agarra minhas duas mãos:

— Acalme a sua ansiedade. Desative. Amanse o seu sangue. Cuidado com a adrenalina. Compreendo bem os poetas. Você, poeta, não é bem vista pela manada. Você é dentro de você totalmente subversiva. Contudo, você sabe muito bem que o ódio e o ressentimento do medíocre servem para fortalecer, temperar a virtude dos poetas. O mergulho no abstrato pode levar a perigoso abismo. Não se preocupe com a moral, refúgio de velhos e enfermos.

O padre Xota me faz complicada vênia. Rosa Maria Egipcíaca da Vera Cruz explica:

— Nosso pai é o príncipe Ginuwa, filho de Nowa, obá do Benim. De acordo. O padre Xota esbanja proteção paternal que é o que você, escritora, que é, quero dizer, o que eu, que sou você, sempre mais desejei das pessoas.

Padre Xota esboça um risinho brejeiro:

— Acredito que seja bom para esta escritora o escrever. Sendo ela uma mulher compulsiva, verbalizar os seus sentimentos é sem dúvida a forma esplêndida de exercitar o seu erotismo.

Confesso com desalento:

— Freqüentemente, apesar de me reconhecer como uma alma bem forte, as emoções das diversas paixões que já tenho experimentado ao longo da minha vida às vezes me levam quase a sucumbir. Concordo. O Reino da Fantasia, o fascínio da mente, são um caminho seguro para qualquer um exorcizar a luxúria de sua carne.

Rosa Maria Egipcíaca da Vera Cruz põe o seu dedinho na boca. Tira o dedinho da boca. Malícia:

— O que você cria nos seus romances, realmente, não parece condizer com a sua pessoa.

Retruco ríspida:

— Chega de conversa.

O padre Xota suspira:

— É claro que eu tenho que proteger mulheres forçadas a prostituir-se.

Um negro alto, ereto, soberbo se aproxima lentamente. A altivez de suas maneiras me surpreende. Rosa Maria Egipcíaca da Vera Cruz cochicha:

— É Ismael, o escravo muçulmano de Sinhá.

Ismael me saúda na sua língua com um: *"Asslamu Aleikum"*, que, de repente, sei que é — Deus te abençoe.

O padre Xota murmura:

— Então?

Ismael comunica, seco e frio:

— Todos mortos. Os holandeses chefiados por Jacob Rabi invadiram o Engenho de Cunhaú. Era domingo. Eles estavam lá na capela. Rezando ao seu Deus. Na hora da elevação da hóstia, Jacob Rabi entrou na capela com seus holandeses e a indiada que lhe era fiel. Mataram todos os devotos ajoelhados e contritos. Na casa-grande foi o mesmo. Sucumbiram todos, sofreram morte, desarmados como estavam. Cunhaú já é terra ensopada de guerra. Vai guardar para sempre lembrança dessa gente de Holanda. Todos mortos.

Padre Xota levanta os braços:

— A verdade é para ser dita: sempre estamos na mira dessas potências estrangeiras. Eu conhecia muito bem esse padrezinho que rezava missa na capela de Cunhaú. Era o padre André Souveral. Noventa anos. Um massacre em Cunhaú.

Pergunta ansioso:

— Fizeram inquérito? Depoimentos numerosos? Funcionalmente tudo inútil. Vamos, Ismael.

Saem os dois. Para onde? Eu não sei. O padre na frente. O escravo atrás.

Rosa Maria Egipcíaca da Vera Cruz quer saber:

— Você tem medo da morte?

Respondo gentilmente:

— Um escritor se movimenta num universo inventado. Quanto ao mundo real, eu o recuso agressivamente.

Rosa Maria Egipcíaca da Vera Cruz se ri com muito gosto.

— Ah, então o seu projeto de escrever recusa o mundo em que vivem os homens? Não seja tola. Sempre um escritor terá absoluta atração pelos homens. O máximo que lhe posso conceder é aceitar que um escritor esteja ao mesmo tempo contra eles e com eles. Claro que isso é mesmo difícil. Em cena, vivas paixões, e para sustentar isso tudo o que se exige é "força". Entretanto, cá entre nós, acredito que você tire de letra tal situação. Para escrever coisas boas é preciso ter alegria, entusiasmo, vigor do espírito. Você os tem. Vá em frente. Agora, um conselho: comporte-se. Nada de agenda cheia. Participar de programas de televisão. Entrevistas em suplementos literários. Rádio. Não me abra o bico para manifestar opinião em congressos organizados por professores universitários. Proibidas as viagens para toda parte com opinião feita sobre isso ou aquilo. Nada de ser porta-voz desse ou daquele grupo. Você deve jurar que não vai aparecer em público, ostentando armas e posição de escritor. Agora se quiser escrever um livro perverso e feroz sobre alguém que pegou AIDS... escolha uma mulher que se empesteou fazendo uma operação plástica. Revolva a vida inteira do personagem, expondo de maneira frontal os seus dias. Eu não me oponho. Encaixe orgias, faça do leitor um boneco confuso, sem o controle dos limites da ficção. AIDS é interessante. Doença que obriga suas vítimas a se defrontarem com o tempo, e aí elas descobrem vida. Cá entre nós, os aidéticos estão sempre impunes. Para eles o pior já aconteceu. Muito bem. Quanto a você, acredito que não tenha medo da morte. Você se sente muitíssimo bem dentro da sua própria pele. Logo, não tem nenhuma razão para se preocupar com a morte. Além disso, seus três personagens: eu, Rosa Maria Egipcíaca da Vera Cruz, o padre Xota e Ismael, o escravo muçulmano de Sinhá, já ocupam você satisfatoriamente.

Reajo:

— Personagem não existe. Você não existe, Rosa Maria Egipcíaca da Vera Cruz. Para que você existisse, vivesse, pelo menos era necessário que eu tivesse criado você. Não me lembro de ter criado nenhuma Rosa Maria Egipcíaca da Vera Cruz em nenhum dos romances que já escrevi: *Lucrécia, Florinda, Dona Leonor Teles, A Rainha de Navarra* e *Adriana.*

Rosa Maria Egipcíaca da Vera Cruz sorri:

— Escritora, você já pisou na bola. Você é uma tola. Você já está em pleno processo de criação. Você está, neste momento, escrevendo, goste ou não goste, o seu novo romance. Basta, daqui por diante, alimentar-se no mais profundo de si mesma. Mergulho de cabeça. Isso.

Sinto-me assustada. Vejo, perfeitamente, a zebra diante de mim, batendo repetidas vezes a cabeça no chão e com tal violência que é impossível dominá-la. Ela, coitada, morre com o pescoço fraturado.

Rosa Maria Egipcíaca da Vera Cruz põe a sua bela mãozinha negra nos meus ombros.

— Agora é verdade. Eis uma escritora, plenamente inundada pela velha magia.

AINDA BEM NO COMEÇO

Está muito frio. Sopra um vento forte. Quem é que está me atirando pedras? Quebram-se as vidraças do meu quarto. Vomito penas de galinha-d'angola. Uma voz esganiçada risca o ar:

— A ladainha, a jaculatória.

Um coro desafinado abafa risinhos. Responde:

— *Xicuembos!*

Sia-Vuma!

Xibalo!

Sia-Vuma!

Xipocos!

Sia-Vuma!

Ku-Femba!

Sia-Vuma!

Inguavana!

Sia-Vuma!

As vozes esganiçadas voltam mais esganiçadas ainda.

— A ladainha, a jaculatória.

Uma vozinha do coro, com um risinho debochado, responde:

— Espíritos!

Amém!

Escravo!

Amém!

Fantasmas!

Amém!

Demônios!

Amém!

Prostituta!

Amém!

Meu pai entra no meu quarto. Docemente me chama pelo meu apelido infantil.

— Xirico... não fique assustada, meu passarinho. Não tenha medo. Tudo vai passar. Meu passarinho amarelinho. Cor de ouro. O amigo Edwino Friedrichs chega a qualquer momento. Ele sabe das coisas. Resolveu com absoluta segurança o caso no sul do país. Em Santa Rosa, no Rio Grande do Sul, todo mundo foi atormentado por misteriosos golpes nas paredes, objetos voadores e pedras jogadas contra o telhado, e tudo sem nenhuma explicação. Passaram fome. Todos os alimentos apareceram misturados com esterco de porco. Era uma coisa nauseabunda. As moças da casa, e eram nove, apareceram com manchas roxas em todo o corpo. Tinham sido espancadas por varas e paus que ninguém brandia. Uma vez, de madrugada, duas dessas moças foram unidas por meio de nós nos cabelos. Uma dessas moças vomitou como você penas de galinha. Só que não eram penas de galinha-d'angola. Tratava-se de galinhas de bugre. Garanto que Edwino sabe, perfeitamente, lidar com essas coisas. Tenha calma, Xirico. Deite-se um pouco. Feche os olhinhos, Xirico. Meu passarinho amarelinho cor de ouro. Papai vai lhe dar de presente um vestido cor do sol.

Obedeço. Fecho meus olhos e os conservo bem fechados um largo tempo. Abro meus olhos. Meu pai já não está mais no meu quarto. Ao pé da minha cama, piscando os olhos, maliciosa, eis Rosa Maria Egipcíaca da Vera Cruz. Ela se joga no chão. Muito séria, cumpre diante de mim um estranho ritual de saudação. Entrego os pontos. Não posso negar que aceitei o jogo de Rosa Maria Egipcíaca da Vera Cruz. Ela se levanta:

— Vamos, vamos. Entre firme no romance. Seu romance. Muitos escritores escrevem só porque têm medo. Não é o seu caso. Aliás, em cada romance que você escreve, você muda. Perfeito. Você conhece a regra. É mudando que se consegue permanecer a mesma.

Concordo de muito mau humor. Desisto de viajar esta noite para Salvador. Que transtorno. Passagem de avião de graça. Bilhete perdido. Hospedagem de cortesia no melhor hotel da praia. Não posso negar que para mim é bom escrever romance. Caminhando na estrada da ficção, eu tenho condições de concluir a paz com o meu inconsciente. Mas, se isso não for possível, pelo menos, assino uma bela trégua com ele. Congelo meus fantasmas. Isso vale, talvez, a própria Beatitude.

Levanto-me da cama. Estou enjoada. A cabeça me dói. Sento-me na minha boa cadeira, tão velhinha, tão antiga, mas ainda em forma e que pertenceu ao Engenho de Cunhaú, no Rio Grande do Norte, e escrevo:

SE BEM QUE AGORA SEJA MESMO O COMEÇO, VAI ANTES UMA INTRODUÇÃO

É claro que não estou interessada na exaltação dos instintos. Ou estaria? Por certo não estou convidando quem quer que seja ao escândalo. O que eu quero é dar prazer, alegria, conforto aos outros, e se possível, sempre gentilmente e é claro com toda a cortesia, a célebre cortesia da minha avozinha, a rainha Derumo do Benim. A alegria e o prazer são fundamentais para que a natureza humana se realize e, o que é tão importante, se aproxime cada vez mais de Kulucumba, a venerável Entidade Superior. O amor, fruto do prazer e da alegria, é um forte sentimento que não deixa ninguém indiferente, sobretudo quando se vive neste país tropical, tão quente e oleoso, com um ar de África, e onde existem mulheres esplêndidas e garanhões desenfreados que sabem, perfeitamente, que não há nenhum pecado no gozo pleno do sexo. Ah, o sexo, fonte de vida, e de tudo quanto existe, intermediário da natureza nos seus propósitos mais altos e de maneira geral nem sempre bem apreendidos. É bom lembrar a regra dos cristãos, lei que determina que o homem cresça e se multiplique. A esse respeito é necessário acrescentar a firme determinação de gozar plenamente a vida, mesmo quando as condições são adversas, como é o meu caso. Eu, Xirico, meu nome africano; eu, Rosa Maria Egipcíaca da Vera Cruz, meu nome cristão; eu sou uma escrava do Engenho de Dom Diogo Velho Cavalcanti de Albuquerque, no Nordeste, na Capitania de Pernambuco. Meu pai, contudo, era o príncipe Ginuwa. Sou neta de Nowa, grande obá do Reino de Benim. Benim é tão longe daqui. Minha mãe, a linda Oyeomosan... como é difícil... já não me lembro de suas feições. Só guardo aquela graça tão sua, quando bailava nas danças que Ginuwa inventava para ela. O doce e verdadeiro amor unia meus pais. O amor, perfume dos deuses, dádiva dos eleitos, o mais apetecível mistério da existência. Prazer, irmão gêmeo do amor. Sim, o prazer, óleo mais fino que o óleo da palmeira. O prazer que às escondidas é perseguido por Dom Minézio, capelão-mor do Engenho de Dom Diogo Velho Cavalcanti de Albuquerque. O prazer, que publicamente é desdenhado por Dom Minézio por considerá-lo um atentado às coisas sagradas. Eu penso o contrário. Sempre pensei. Por medida de prudência, me abstenho de externar as minhas idéias. Creio que o gozo pleno do sexo proporciona às criaturas inestimáveis vantagens, como, por exemplo, libertá-las de medos e complexos que tanto entristecem e anuviam muitas vidas, nesta terra de claro sol, prateada lua, estrelas e outros corpos celestes que parecem trabalhar com interesse pelo nosso bem. Sia Vuma, ou seja, Amém.

KARINGANA UA KARINGANA... O QUE VALE DIZER: ERA UMA VEZ...

Olho o meu balaio com satisfação. Repleto. Colhi abius, sapotis, mangas, um belo melão. Nenhum fruto roído por passarinho. Perfeitos. Experimento. Como um abiu. Aquele sapoti. Que prazer. Prazer é vida. Lavo minhas mãos num fio de água que corre perto de mim. Há tempo. Dom Diogo Velho Cavalcanti de Albuquerque viajou. Está na cidade do Recife. Não sei quando voltará. Sinhá, esposa de Dom Diogo, dorme ainda. Eu, como escrava favorita de Dom Diogo, tenho regalias. Posso ir até a cachoeira e tomar um banho. Vou indo nessa direção, curtindo o canto dos bem-te-vis, canários-do-campo, maritacas e anus pretos. Entro na floresta. Minha mãe, Oyeomosan, quando eu nasci, também me deu um nome de pássaro: Xirico. É verdade que ela hesitou entre chamar-me de Bilo-Bilana, uma ave que só canta acompanhando o ritmo dos tambores,

Xitotonguana, uma coisinha voadora, saltitante, ou Xirico, que é um passarinho amarelo de muito chilreio. Mas no meu Kenguelequezê, ou seja, o meu batismo com invocações à lua cheia, fiquei mesmo Xirico. Por isso estou sempre enrolada em capulanas cor de ouro, o pano típico das mulheres bem-nascidas do Benim e que me desce até o tornozelo. Esses tecidos cor de ouro são encomendados todos os anos para mim, na Corte do Rei de Portugal, por Dom Diogo Velho Cavalcanti de Albuquerque, o Sinhô, e que por eles paga qualquer preço.

Respondo a um atrevido bem-te-vi que se instala na ponta do meu nariz com uma canção de ninar, tão conhecida no Benim:

— *Fou Gayndé tegg dommam*
Tegghi ba varr na ya!
quando encontramos uma toca de leõezinhos
temos que fazer um grande desvio

Súbito, o bem-te-vi voa assustado. Os outros passarinhos se calam. A floresta emudece. Não é que ouvi distintamente um gemido? Seguro, cuidadosamente, o meu balaio de frutas que vou levar para Sinhá. Ela sempre se queixa de suas escravas de dentro. Nenhuma delas consegue trazer-lhe uma fruta em boas condições. Eu, que sou a favorita do esposo dela, eu consigo. Faço questão de as colher todos os dias e na mais correta gentileza, perfeita cortesia, eu as levo para Sinhá, que, infelizmente para mim, me recebe com os lábios franzidos e os dois olhos mornos, aborrecidos, hostis.

Na picada que sigo há grutas. Várias grutas as quais eu chamo de variados nomes. Majumbo, que na África são tripas, dessas que servem para cozinhar; Timbila, que é nome de um instrumento musical no Benim; Xicatauana, porque essa gruta se parece com uma blusa justa, e assim por diante. Todas elas com entrada revestida de samambaias e avencas. Quase sempre eu visito umas duas ou três. Há mistérios a desvendar. Sinto um leve arrepio. O que é que vem por aí? Será que alguma jaguatirica vai pular no meu colo? E se aparecer um lobo-guará? Minha avó, a rainha Derumo, sabia se defender das leoas nas florestas do Benim, e me ensinou o que se deve fazer nesses casos de ataques de animais bravios. Claro que eu sei como me defender.

A trilha que leva à cachoeira não é lá tão fácil de andar. Há pequenas pedras pontiagudas que machucam meus pés nus. Tudo pela cachoeira. É uma boa queda-d'água. Essa também me desafia. Sou obrigada a descer por uma corda até a piscina natural formada pelas águas. É certo que o risco da empreitada é recompensado pelo espetáculo exuberante que a chegada à piscina natural me proporciona. Onde está o som dos pássaros, dos macacos, dos sapos, das pererecas? Gemidos... Ouço gemidos. Mas é um grito de... animal. Vem da gruta que eu chamo de "Bandido". A Xiguevengos. Trata-se de uma pequena gruta malcheirosa. Entro em grutas, mas deveras não gosto especialmente delas. Aquela imobilidade das grandes aranhas nas fendas não me atrai. Contudo, lá vou eu. Assusto-me dentro da

Xiguevengos. Mal creio no que vejo. Eis Sinhozinho, o jovem André Leopoldo Afonso Fernando, filho de Sinhá e de Dom Diogo Velho Cavalcanti de Albuquerque, copulando com uma cabra. Ele afaga o animal. Beija a cabra em suas partes mais íntimas. Bate na cabra com o dorso da mão, com os dedos reunidos, a palma da mão aberta e o punho fechado. A cabra geme. Sinhozinho morde a cabra ferozmente. Agora ele se põe a imitar o zumbido das abelhas, o arrulho das pombas, os gritos dos papagaios e o grasnar dos patos. Chupa as tetas da cabra. Grita:

— Eu sou um cavalo desenfreado que segue sua carreira sem que o detenham os fossos, os obstáculos que possam surgir à sua frente!

Em seguida ergue a cabra e a coloca delicadamente, com mimos de enamorado, num monte de capim. Cobre então a cabra de pontapés no peito, nas costas, nas pernas, no focinho. Inesperadamente se joga no chão e desaba em soluços. Confessa:

— Você, minha cabra, é a única preocupação da minha vida, e é uma preocupação diante da qual todas as outras cedem. Juro-lhe que não suporto mulheres. Tenho medo de me meter com elas. Fujo delas como o diabo foge da cruz. Não agüento o cheiro delas. Não sei o que fazer com esse batalhão de escravas. Abomino a carne delas. Não quero saber de mulher alguma, branca, negra ou índia. O máximo que pude fazer foi sonhar com uma noiva morta, uma monja reclusa ou uma irmã inatingível.

Sinhozinho torna a copular alegremente com a cabra. No rosto do animal o terror se estampa. Sinhozinho urra. Não cansa de mudar as suas posições em cima da cabra em busca de uma intensa volúpia. Sussurra:

— Sei escolher o lugar e o momento propício e por isso sou atendido nas mais ambiciosas promessas de Amor.

Canta:

"Minha gente, venham ver
Coisa que nunca se viu
Eu sou maior do que a terra,
Maior do que o mar profundo.
Eu sou maior do que o céu,
Maior do que todo mundo.
Eu sou maior do que Deus,
Maior do que Deus eu sou,
Eu sou maior no pecado,
Porque Deus nunca pecou."

Sinhozinho André Leopoldo Afonso Fernando é objeto de todos os cuidados de Sinhá. É o único filho dela e de Sinhô que se encontra no Engenho. Os outros dois estudam em Lisboa.

Sinhozinho percebe a minha presença. Sinto uma necessidade absoluta de ar fresco. Ponho um dedinho na boca anunciando a Sinhozinho que guardarei absoluto segredo das suas relações com a cabra. Vou me retirando em marcha à ré, mastigando algumas palavras:

— *Ambanine... ambanine...* (adeus a todos... adeus a todos).

Desisto do banho na cachoeira. Tenho náuseas. Vou direto para a casa-grande. Não devia ter misturado abiu com sapoti. Estou, no momento, no topo da colina, mas já alcanço a trilha que desce e que me leva à casa-grande. Distingo, perfeitamente, daqui de cima, quase todo o engenho. Olha a senzala maior, o pomar, o galinheiro, a senzala menor, o açude, o curral, a porteira. Ali estão a roda do engenho e a sua casa de purgar. Eis o picadeiro, a casa da caldeira, o encaixotamento, a casa da farinha e a estrebaria. Sem dúvida, acolá, é o tanque de mel e a destilação, bem como a casa de bagaço e a ponte. Só não gosto de olhar o cemitério de escravos. Corro tomando muito cuidado com o meu balaio de frutas.

Chego à casa-grande, toda cercada de varandas. Admiro a bela manhã que se espalha por ali. O sol é suave e se derrama na relva macia. Sinto a frescura de umas chuvas caídas de noite. Do imbondeiro frondoso, pelos seus ramos, descem mixingas que por aqui se chamam pedúnculos e que sustentam bolas: as jimbungululas, ou seja, os frutos do imbondeiro. Muitas dessas bolas já estão arrebentadas, mostrando as suas entranhas cheias de pétalas bonitas e de estames e filamentos. No todo parece que vejo candelabros e balões de enfeite. Um número de cigarras se põe a cantar. Vem aí o calor. Ouço um "psiu". É voz comprimida, velada pela sinfonia das cigarras. Grito:

— *Mangondo* (nome).

O perfume de milembras e milozas é forte. É costume destas bandas, como lá longe na África, onde nasci, dispor-se, próximo das casas, estas plantas para que o cheiro delas afugente as cobras. Digo claramente para a voz velada:

— *Eie u mukuá* (você é muito saliente). *Kadié tuji* (vai à merda). *Satanhoco* (Sacana).

Uma voz bem velha me responde:

— *Sesá* (dá licença). *Nzambi iami ia-ngi-manenna* (Deus está comigo).

Convido:

— Apresenta-te, velho Mbende.

Surge o velho Mbende. Com dificuldade, joga-se ao chão. Observa o rígido protocolo ao qual têm direito os membros da Casa Real do Benim.

— Eu te saúdo, Xirico, filha de Ginuwa e Oyeomosan!

Aceito o cumprimento.

— Levanta-te, Cocuana.

Ele se ergue. Sou obrigada a ajudá-lo. Quantos anos tem ele? Afinal, Dom Diogo Velho Cavalcanti de Albuquerque, o Sinhô, é bem generoso. Em outros engenhos não há escravos assim tão velhos. Quando atingem uma certa idade, incapazes de trabalhar, são imediatamente sacrificados. Não valem mais o feijão que comem.

O velho Mbende sorri:

— Gostei de ser chamado de Avô Velho.

Ordeno com um gesto real:

— Fala do que está cheio o teu coração.

Pouso o meu balaio de frutas no chão. O velho Mbende me parece comovido:

— Eu sonho todas as noites que estou em Benim, na grande praça. Ouço o príncipe Ginuwa, teu pai, falando ao povo: "Não se condena ninguém sem julgamento justo. Respeitemos a Vida. É uma tolice fazer sacrifícios humanos. O povo deve perceber que há deuses falsos. Derrubemos do altar o deus da guerra. Não se come carne humana. Nunca. Sobretudo a dos prisioneiros. A guerra é uma loucura. A um homem basta uma mulher. Juntos, unidos, eles alcançam o paraíso. Prazer. Amor, doce oásis da existência. Caminho único para se chegar a Kulucumba, o Espírito Superior. O amor dá à vida a força tão necessária para se viver neste mundo em tantos aspectos desconhecido e apavorante.

"Nowa, obá de Benim, teu avô, não gostava das idéias de seu filho, o príncipe Ginuwa. Não gostava porque, tendo oitenta esposas, jamais conseguira o prazer com nenhuma delas. Contudo a gentil Derumo, tua avó, e mãe do príncipe Ginuwa, era a favorita, porque detinha o conhecimento médico e descobrira a planta mandioca, ensinando todos a cultivá-la e dela fazer farinha. Nowa sentia-se mortificado. Ela lia nos rostos de Ginuwa e da linda Oyeomosan, tua mãe, o triunfante prazer, a glória do amor absoluto. Mas Ginuwa era imprudente. Acariciando as cabecinhas das crianças, ele prometia fundar um Reino onde todos sentiriam prazer. Os mais velhos então se aproximavam e diziam: 'Anda, funda esse reino, já.' Nowa sentia-se cada vez mais inquieto. Foi consultar Ogifa, oráculo de Benim. Este, valendo-se dos seus opelês, respondeu que sem dúvida Ginuwa seria rei de uma nação independente do Benim e muito considerada pelos reis europeus. A capital desse reino seria Odé Itsekiri, uma cidade florescente. Ginuwa teria correspondência assídua com o Papa e para agradá-lo, nessas cartas, chamaria a cidade de Itsekiri de Cidade de Santo Agostinho. Todos os Olus que viriam depois de Ginuwa teriam dois nomes: os seus nomes africanos e outros nomes cristãos. O Reino Ginuwa, segundo os opelês de Ogifa, seria de alta categoria, pois qualquer guerra era logo transformada em riso e alegria, muita dança e boa comida. Além disso, seus súditos jamais seriam vendidos como escravos, como é costume nos reinos africanos, quando obás e olus contraem compromissos com nações mais ricas e depois não podem saldar esses ajustes. O comércio jamais incluiria armas de guerra e se limitaria a esteiras, inhame, panos feitos com fibra de palmeira, cerâmica, marfim e azeite-de-dendê. Os olus que descenderão de Ginuwa e continuarão uma linha de prosperidade serão: Ijigen, Irame, Ojoluwa, Esijie, Atorongboye, Atuwatse, Omoluyere, Oyenakpaga, Abejioye, Omagboye, Otogbuwa, Erejuwa e Akengbuwa. No final o oráculo declarou: 'O príncipe Ginuwa será um obá tão esclarecido que o monarca português o chamará de meu irmão e lhe concederá a Ordem de Cristo, no grau de Cavaleiro. Essa Ordem é bem antiga. Foi fundada por El-Rei Dom Diniz, o rei que sempre fez o que quis, por inspiração divina, em substituição à Ordem dos Templários. Só pessoas muito ilustres fazem parte da Ordem de Cristo, como, por exemplo: Vasco da Gama, que foi secretário dela, e o navegador Cristóvão Colombo, que todo mundo sabe quem é.

Nowa ficou aterrorizado com tudo isso que ouviu. Foi passear às margens do rio Forcados, que é um rio sombrio, cheio de árvores que têm espinhos venenosos e mortais. Quando Nowa voltou, depois dessa longa caminhada pelas margens desse rio Forcados, que tem oitenta léguas de comprido e quarenta de largo, anunciou o decreto de morte de Ginuwa e de Oyeomosan. Quem suporta assim tanta felicidade nos outros? Ginuwa e Oyeomosan foram condenados por alta traição. Nowa determinou que ambos seriam mortos pela faca de Quizembe, também conhecido como Grande Hiena e general comandante dos exércitos de Nowa. Depois de mortos, eles seriam comidos por todos em um grande banquete. O coração de Ginuwa e o fígado de Oyeomosan estavam reservados para Nowa, pois ele acreditava que, comungando o coração e o fígado desses bravos, somavam para ele a coragem e a doçura do amor do casal, e essas nobres virtudes, doravante, passariam para ele. Foi dançado o Xigugo, que é a nossa dança guerreira. De repente caiu um grande temporal. Raios de estrondo. Chuvas devastadoras. Casas destruídas. Plantações inúteis, tudo inundado. Ah! Então a Grande Hiena que amava ternamente como irmão o príncipe Ginuwa e a sua linda Oyeomosan deu fuga a todos dois.

Um galagala lagarto de cabeça azul, que habita entre as árvores de médio e grande porte, escapole entre os meus pés. Suspiro. O velho Mbende abana com as duas mãos alguns mosquitos que o incomodam. Queixa-se:

— Ah, se eu tivesse aqui para deliciar-me, como em nossa terra, uma waehu, aquela suave bebida, feita com arroz? Hei? *Ai... Ai, Mamana* (senhora)

Corrijo:

— Não sou mais Mamana. Sou escrava. Somos escravos, eu e tu, Velho Mbende. Tu és o escravo Anastácio, e eu, a escrava Rosa Maria Egipcíaca da Vera Cruz. Não quero me lembrar desse passado que ainda há pouco desfiaste. Se Kulucumba, a Venerável Entidade Superior, achasse necessário aos humanos recordar a toda hora o que já aconteceu e viver com isso agarrado ao coração, teria plantado dois olhos em nossas costas, para sempre olharmos para trás. E o que fez Kulucumba? Só dois olhos no rosto, na frente, para olhar, até longe, para o que está diante de nós. Esquece, Anastácio.

O velho Mbende não me dá ouvidos:

— Tenho aborrecimentos. A cobra enrolou no muringue, era a venenosa, a mamba. Se pego o muringue, a cobra morde; se mato a cobra, o muringue se parte. Não, eu não posso esquecer. Louco de ódio Nowa ordenou aos guerreiros que lhe eram fiéis que prendessem a Grande Hiena. Assim foi feito. O general Quizembe foi capturado. Amarrado com sólidas cordas. Depois Nowa mandou chamar os portugueses das grandes caravelas e vendeu-lhes a Grande Hiena como escravo. Nowa tinha uma grande dívida com esses portugueses e resolveu pagá-la com a carne de seu povo.

Todos os amigos do príncipe Ginuwa e da linda Oyeomosan foram vendidos como escravos. Tu... tu foste vendida também. A rainha Derumo, quando te viu algemada, sentiu uma grande dor no peito. Caiu para trás. Morreu.

Um matanganda corta o ar. Estranho:

— Morcego, durante o dia claro?

O velho Mbende lembra:

— E como havia morcegos nos porões daquelas caravelas imundas. A caravela que nos trazia...

Interrompo, imperiosa:

— Chega, chega. Não me fales mais disso tudo que já passou. Sobrevivi. É o que importa. A vida é boa. Tudo vale a pena. Vai fumar o teu cachimbo de ukumbu. Lembranças são formigas cujo formigueiro destruiu-se.

O velho Mbende se aproxima de mim. Está bem perto. Sopra no meu ouvido.

— Ah! a velhice. Tenho vertigens. Não se tira mais a roupa para fazer amor. E se por acaso isso acontece, fico esgotado durante horas e horas e quase nem tenho forças para me levantar. É catastrófico. Sinto-me culpado. Passo a acariciar criancinhas de modo extravagante. Sei perfeitamente que a minha voz é uma cana rachada e os meus gritos são de gralha. Minha visão diminuiu muito. O tempo me prega boas peças. A velhice reduziu todas as minhas forças. Muito pouco posso fazer. Mas a fadiga, o abatimento físico não me impedem de me preocupar com os outros.

Pergunto:

— *Ombanjina* (ora bolas)! Aonde queres chegar?

Arrisco um assunto:

— *Ngemita dingi* (estou grávida).

O velho Mbende rosna:

— Sinhá já sabe.

Bato o meu pezinho com força no chão:

— O que deveras queres tu me dizer?

O velho Mbende se afasta de mim. Cauteloso, olha de um e outro lado. Volta para perto das grandes varandas da casa-grande. Examina o sítio, atento, e aproxima-se de mim. É seco:

— *Kanvuanza* (confusão).

Ordeno:

— *Amba kooo* (fala então).

O Velho Mbende se decide:

— De muitos engenhos estão fugindo escravos. Os que são capturados são torturados do modo mais vil e depois incendiados.

Abro a minha capulana cor de ouro, de maneira que meus seios e ventre fiquem bem à mostra e o manto lhes sirva de moldura. Acaricio minha barriga. Saboreio as palavras:

— *Kikumbi kiatu! Kua kambe ngo mbeji jitatu ngondotulamikiá* (A linha da barriga está nítida. Apenas faltam duas luas cheias e terei meu filho).

Espremo um pouco o bico da mama. Sai um pouquinho de líquido. Limpo a ponta do seio com a barra do meu manto. Danço alegremente.

— Ah! se eu tivesse aqui a *xipalapala* (trombeta de chifre) para convocar o povo e anunciar que vou ser mãe!

Interrompo a minha dança. Digo pausadamente:

— Deste engenho não fugiu nenhum escravo.

O velho Mbende comunica:

— Ninguém sabe onde está Quizumba, a Grande Hiena, general dos Exércitos de Nowa, obá do Benim. O que aprendeste com a rainha Derumo vale ainda?

Assusto-me.

— Então ninguém sabe o paradeiro do escravo Teodoro?

Guardo silêncio algum tempo.

— Sim, é claro. Foi com a arte que aprendi com a rainha Derumo que consegui falar, ler e escrever a língua do Brasil em três dias. Eu descobrirei pelo feitiço de Derumo onde está a Grande Hiena.

O velho Mbende, respeitosamente, afasta-se para um canto. Abaixa os olhos. Segue no chão o lento caminhar de uma procissão de *talácuas* (formigas).

Concentro-me como me ensinou a rainha Derumo, filha de Oganê, um ser de mistério, que andava sempre envolto em cortinas de seda roxa e dele só se via um pé ao qual todos faziam reverência como coisa santa.

Estou pronta. Sigo o ritual. Invoco Xipoco-Xipocué, a alma do outro mundo. Xipoco-Xipocué não responde. Torno a concentrar-me. Nada. Súbito... eis Xipoco-Xipocué. Ela franze as suas ralas sobrancelhas:

— Queres incendiar um objeto ou uma pessoa com o poder da tua mente? Queres que alguém desperte esta noite sentindo uma mão pegajosa agarrada ao seu calcanhar? Vamos jogar alguém a distância com um sopro? Juraste alguém de morte? Basta levantar o nome da mãe desse que queres destruir. Trata-se de um requisito indispensável para a chicotada de fogo, uma cerimônia através da qual a maldição de morte é lançada contra o inimigo ausente. Isto devemos realizar numa sala iluminada e com a presença de dez homens escolhidos, conhecedores dos mistérios, recitando um longo bláblábláblá que mata uma pessoa a léguas e léguas de distância. Queres fazer o vento soprar muito forte ao redor desta casa? Que mortos devemos ressuscitar?

Respondo com plena confiança:

— Onde está a Grande Hiena, o escravo Teodoro? Devo trazê-lo, imediatamente, de volta.

Xipoco-Xipocué casquina um risinho abafado:

— Olha...

Diante de mim vejo uma praia. Pela esquerda entra um índio que saúda com um largo *Enecoema* (bom dia) um padre. Reconheço o padre . É o padre Xota. Veste uma sotaina bem surrada, cerzida aqui e acolá. Pés nus. Usa um cinturão de espinhos que se crava em seus rins. Isso é bem fácil de adivinhar pelo ríctus de dor do seu rosto. O índio é jovem. Leva atravessado no peito um arcabuz e de quebra tem uma espada à cintura, enfiada numa bainha de pele de onça. Padre Xota, padre Francisco Gonçalves Lopes, é conhecido em todo este Nordeste e no Sul também. Ele é eficaz, useiro e vezeiro em tirar o demônio do corpo de brancos e negros, e por esse motivo tem o apelido de padre Enxota-Diabos, ou simplesmente padre Xota. O índio aponta para o mar. É um mar cheio de naus. Deslizam velas imponentes. Serenas. É uma esquadra de guerra. De onde teriam vindo? Uma nau, a capitânia, se destaca. Leva uma bandeira ondulando ao vento. O padre Xota, rubro de indignação, exclama:

— Somos um povo sempre visado por potências estrangeiras que cobiçam as nossas riquezas, mas ansioso de libertação integral desses piratas, povos rapineiros. Esses são holandeses. Não há a menor dúvida. Vamos avisar Matias de Albuquerque Maranhão, conde de Alegrete, governador da Capitania de Pernambuco. Conto daqui folgado setenta navios com mais de mil bocas de fogo e com aproximadamente sete mil homens. Certamente desembarcam em Pau Amarelo e marcham sobre Olinda.

Pergunto a Xipoco-Xipocué onde está a Grande Hiena. Ela responde com um gesto vago.

— Bem, eu não sei. Tenho por certo que aqui não está.

O cenário muda imediatamente. Sinto no ar um cheiro adocicado, fresco e agradável no começo, mas logo insuportável em sua podridão. Aparece a cabra de Sinhozinho André Leopoldo Afonso Fernando. Ela vai subindo uma serra de matas cheias de palmeiras. Mas há outras árvores, umas conhecidas outras não, e com tal espessura e confusão de ramos que em muitas partes é impenetrável à luz. Vejo também espinhos e outras árvores rasteiras e nocivas que servem para dificultar a subida da cabra. Atrás da cabra serpenteia uma fila de escravos, oriundos das tribos mais diversas. Moçambiques, minas, jalofos, fulas, congos, cafres. Todos os escravos estão marcados com ferro em brasa.

Finalmente, eles chegam ao topo da serra, que curiosamente tem a forma de uma barriga. Estão diante de um negro alto, forte e de olhar limpo e honesto. Só pode ser um chefe.

Estranho lugar. É um refúgio ideal. Espécie de fortaleza defendida pela mata e pelas montanhas. Vejo uma grande fortificação numa circunferência de muitas léguas com uma paliçada feita de madeira e pedra protegendo os que estão dentro. Esperam algum ataque? Na parte exterior da fortificação em um raio, também de várias léguas, abrem-se trincheiras cobertas por folhas e galhos de árvores que têm espinhos. Há lanças pontudas, de todos os tamanhos, espalhadas por toda parte. Que batalha decisiva se vai travar? Vejo água guardada em tonéis, alimentos em profusão, muita palmeira pindoba cuja polpa é gostosa, misturada com farinha de mandioca. Tem óleo de cozinhar feito da amêndoa da palmeira e uma manteiga muito clara. Vinho destilado. Cachimbos fabricados do fruto e alinhados em prateleiras. As folhas das palmeiras cobrem as casas, tecem cestos, abanos, tiras e cordas. Crianças negras brincam de roda e me parecem absolutamente livres.

Com estupor, ouço a cabra dirigir-se ao homem alto, forte que parece um general ou um príncipe, na linguagem dos humanos:

— Grande Zambi! Vim te pedir proteção. Os senhores são perversos. Humilham-nos e nos ofendem. Sei que buscas a libertação de todos nós. Conheço o teu sonho. Diferenças sociais menores e mais suportáveis. Em vez de senhores e escravos prevalecem os cidadãos que trabalham juntos na construção de uma história de liberdade, na qual as diferenças não servem de pretexto para estabelecer privilégios, mas são ocasião de enriquecimento coletivo. És o chefe que tomou a sério a opção preferencial pelos pobres e oprimidos. Acreditamos que o Reino de Deus tem certamente sua origem no céu, mas começa já agora aqui na terra sempre que se implantam níveis novos na redução das desigualdades sociais. Grande Zambi, sou uma humilhada e uma ofendida. Os jovens senhores são dados a monstruosos desvios. Tens o compromisso com os injustiçados. Jamais conceberei uma cria. O *mufana* (moço) André Leopoldo Afonso Fernando, em vez de copular com as belas escravas de seu pai, se atira sobre mim, e sou eu o pasto insuportável de sua indecente lascívia. Nenhum bode se aproxima de mim. Todos os animais se riem de mim. Consideram-me uma desclassificada. As gentis mariposas se sacodem de riso, quando eu me aproximo, enquanto os macaquinhos sopram nos ouvidos de uns e outros as mais idiotas e tolas anedotas a respeito do meu "caso" com Sinhozinho. Como nenhum bode se aproxima de mim, jamais conhecerei a doce alegria de conceber crias. Nenhum cabrito, nenhuma cabrita. Desolador. Longe de mim a doce alegria de parir filhotes. Ser mãe, a glória de uma fêmea. Vivo mergulhada em profunda depressão, humilhada, ofendida. Nestes engenhos dos "senhores", um Sinhozinho, ao nascer, ganha um negrinho da mesma idade. É o Mané Gostoso. O Sinhozinho, quando começa a engatinhar, já tem ali o seu instrumento de tortura. O escravozinho serve para ser amassado, batido, xingado com os mais torpes nomes. É o cavalo de montar. Esporeia-se a animália. Ele corcoveia. É a dor do chicote, das esporas. É violentado. Cuspido. Lambido. Amassado. Usado como mulher. Eu sou o Mané Gostoso de Sinhozinho André Leopoldo Afonso Fernando. Não agüento mais. Abriga-me. Protege-me. És o meu único Salvador.

O negro alto abre os braços.

— Certo, fica entre nós. Meu compromisso é com os infelizes. Temos muito milho com duas recoltas anuais e feijão-preto, batata-doce, cana-de-açúcar e muita fruta.

A cabra abana festivamente o seu rabo e instala-se aos pés do negro alto e forte. O cortejo de escravos forma agora vários meios-círculos em torno daquele chefe. Um deles fala por todos:

— Grande Zambi! Saudações! Nós conhecemos a tua fama. O teu saber. Estamos a par da declaração do padre Antonio Melo que te criou e que jamais te considerou escravo, pois logo viu que eras um predestinado. São dele estas palavras: "Este jovem demonstra engenho jamais imaginável na raça negra e que raramente encontrei entre os brancos. Ele conhece todo o latim que há mister, e cada dia só cresce em português muito a contento." Já derrotaste muitas expedições que foram enviadas para te destruir. Sempre és vitorioso e sempre assim o serás, como é da opinião de todos. Tua linguagem é nova, é fala de justiça e verdade, pode causar espanto e temor, mas para nós, escravos, o povo oprimido, é a palavra mágica: a esperança. Abriga-nos.

Estamos sendo vítimas dos mais torpes abusos. Castram-nos. Retalham nossas *mbundas* (nádegas). Cortam nossas orelhas. Abrasam nossos beiços com tições ardentes. Tapam nossas bocas com lâminas de folha-de-flandres. Enfiam-nos gargantilhas de ferro. Infanticídios se multiplicam. Açoitam-nos até a morte. E que dizer do suplício que é a viagem nos navios negreiros? Um copo de água a cada três dias para cento e vinte dias de travessia. Amontoam-nos em porões infectos sem luz. Defeca-se onde se pode. Viaja-se praticamente sentado ou deitado em cima de fezes, urina e vômitos.

O Grande Chefe chora:

— Conheço as incríveis violências que se perpetram contra vocês, meu povo pobre. É selvagem e cruel. Estou com vocês meus irmãos escravos. O povo, tratado como mera força de trabalho. Leiloado em mercados. É iníquo e contrário aos desígnios de Deus. Quem são vocês? Donde vieram? Vocês são o povo, o povo escravo que vem da grande tribulação. Deus se apiedará. Vocês são amados por Deus, porque são pobres, e Deus os guiará às fontes da água da vida e lhes enxugará toda a lágrima dos olhos. Reconheço em vocês as criaturas de Deus.

O escravo que fala por todos parece inteiramente feliz:

— Você fala uma linguagem de uma nova justiça e verdade, linguagem libertadora e redentora como a fala do doce Jesus. Eu acredito em você. Estamos com você, comprometido com a sorte dos escravos.

O Grande Chefe diz simplesmente:

— Darei meu sangue, minha vida pela causa mais alta: a libertação do povo, a libertação dos oprimidos.

Com a melhor cortesia, interpelo Xipoco-Xipocué:

— E a Grande Hiena? Não vejo a Grande Hiena nessa corte de escravos. Onde está Teodoro?

Xipoco-Xipocué é displicente:

— Sim, sim. Convenhamos, aqui não se encontra o escravo Teodoro, ou seja, o general Quizembe, a Grande Hiena, general comandante, ou melhor, ex-general comandante dos exércitos de Nowa, obá do Reino do Benim.

Desabafo:

— *Canganhice* (malicioso engano). Posso admitir que uma alma do outro mundo seja brincalhona. Porém, tudo tem um limite. Você está abusando.

Desespero-me. Teria a rainha Derumo, minha avó, me ensinado a arte mágica de maneira incompleta? Seria eu tão desprovida de habilidades nessa arte? É claro que Xipoco-Xipocué zomba de mim.

Xipoco-Xipocué responde:

— Não propriamente. Mas vou te ajudar. És como a rainha Derumo que usava os seus poderes trabalhando para o amor e para o bem. Curando ao som da mágica dos tambores o povo doente que a procurava, ardendo em febre. Agora, olha.

Vejo finalmente a Grande Hiena. Teodoro está acocorado em cima da terceira sepultura, à direita de quem entra no cemitério dos escravos. Tão perto de mim. Ao alcance da minha voz. Bastaria um grito. A Grande Hiena tem banzo, a nostalgia, a tristeza, que ataca os negros da África, quando cativos, ausentes do país onde nasceram.

Que alívio. A Grande Hiena não fugiu para o acampamento, onde se prepara uma rebelião de escravos. Teodoro, pertinho de mim.

Rapidamente dou expressas ordens ao velho Mbende. Que ele volte, imediatamente, ao seu trabalho. Às tarefas que lhe foram impostas pelo feitor João das Neves. A Grande Hiena fabrica *makamba* (instrumentos de caça), *makumla* (fechaduras), *isaku* (agulhas), *isomenu* (instrumentos de ferro), *jinvu* (foices), *ndjabitu* (machadinhos) e *maxalu* e *matemu* (pequenos machados e enxadas).

Agradeço a Xipoco-Xipocué, emocionada. Esta, com inusitada severidade, dá um aviso:

— OS ESPIÕES ESTÃO DISTRIBUÍDOS PELA COLÔNIA, E É DEVER DE TODOS ELES DENUNCIAR AOS COMISSÁRIOS QUALQUER ALTERAÇÃO, POR MENOR QUE SEJA.

Xipoco-Xipocué recompõe-se. Acena-me um certo adeusinho com graciosidade. Vai embora mastigando uma *xibubutela* (bolacha com açúcar).

O velho Mbende sai em busca da Grande Hiena. Eu retomo o meu balaio de frutas que pousara cuidadosamente no chão. Passo uma revista. As frutas estão perfeitas. Abius e sapotis, perfumados.

Aproxima-se Ismael, o escravo muçulmano de Sinhá. Ele me cumprimenta:

— *Sahaatk* (saúde)! Sinhá quer te ver, Rosa Maria Egipcíaca da Vera Cruz.

Ismael me parece tristonho. Eu pergunto:

— Estás doente?

— Ah, Xirico, eu jamais realizarei o maior sonho da minha vida.

Reparo no belo corpo de Ismael. Seus músculos. Sua beleza varonil. Os dentes de um branco imaculado. Seu olhar sensual.

As escravas da senzala maior se sentem todas atraídas por Ismael. Mas ele as escolhe cuidadosamente. As que ele cobriu tiveram crias perfeitas. Sinhá e Sinhô estão plenamente satisfeitos com Ismael. Afinal, ele aumentou ou não o rebanho de escravos deles dois?

— Que sonho é esse, Ismael?

— A *Haj*, a peregrinação a Meca e a Medina. Os crentes devem fazê-lo pelo menos uma vez na vida.

Com o meu balaio na mão, proponho:

— Vamos visitar Sinhá.

As acomodações de Sinhá. Elas ficam exatamente do lado oposto à suíte de Sinhô. Cortamos caminho eu e Ismael por uma pequena alameda que passa por trás da capela do engenho de Sinhô. Vejo o capelão-mor, Dom Minézio Rodrigues Calda e Caldas, metido em sua batina de seda pura. Perfumado. Cheio de anéis. Lança-me um olhar cúpido. Demora-se avaliando os meus dois seios. Tenho a exata impressão de que Dom Minézio acaricia meus seios com suas mãos alvas de unhas bem-polidas e tratadíssimas. Dom Minézio tira do bolso o seu breviário e põe-se a lê-lo, passeando para lá e para cá.

Encontro-me com a escrava Sange e o seu pequeno filho aleijado. Ele, estendido ao comprido, no chão. Indago:

— *Uafuêêê* (morreu)?

Sange, cujo nome cristão é Bárbara, responde:

— *Kicôla* (não pode ser).

Ismael comenta:

— Louvor a Alá, que faz com que cada efeito tenha a sua causa! Mais tarde, quando ele crescer, poderá sofrer a chacota de muitos que mangarão do seu defeito. No princípio, vacilará, perante a troça dos outros. Vai chorar. Mas pode ser que crie ânimo, e então atirará pedras aos que dele gozarem. Sange deve aceitar de boa mente o que Alá lhe deu.

Completo:

— *Muvumu Kitumba; mutanda o njimu nhi kiona, mutanda o mukuá sauidi nhi kinema* (O ventre é como uma mala, sai o esperto e o néscio, o saudável e o aleijado). O menino é um *kikata kia nzambi* (paralítico de Deus).

Súbito levo um tremendo empurrão. Caio de quatro, diante do menino de Sange. Olho ao redor. Eis Xipoco-Xipocué, severa e zangadíssima:

— Faça o que deve ser feito.

Levanto-me como posso. Empunho minhas duas mãos em cima da cabecinha do pobre aleijado, não à moda simples do doce Jesus dos cristãos, mas sim com toda pompa, colorido, rito, salamaleques dos melhores feiticeiros do Reino do Benim.

Pergunto a mim mesma:

— Será que esse vigoroso empurrão de Xipoco-Xipocué perturbou a criança que levo na barriga?

Mas a hora é solene. Entro nas regras. Contudo, enrolo-me bem na minha capulana cor de ouro. Protegidos meu ventre e seios com o manto amarelo. Danço. Jogo para o alto o meu balaio de frutas. Estas se espalham pelo chão. Piso as frutas. Escorrego. Caio. Levanto. Assovio. Guincho. Babo uma baba gomosa. Com os punhos fechados, dou socos no ar, expulsando os *xicuembos* (espíritos malignos) que arrodeiam o menino. Bato palmas. Chuto o balaio de sapotis, mangas, abius. Dou saltos terríveis. Umbigadas. Sange grita. Dom Minézio, de boca aberta, abandona o seu breviário. Tira do bolso um caderno com o seu monograma em ouro e diligentemente põe-se a escrever com rapidez incrível.

O menino de Sange se levanta. Sorri. Seus bracinhos e pernas engordam. Seu corpinho todo se renova. Os olhinhos brilham. O cabelo cresce em bonitos anéis até os ombros. Ele se atira, radiante, nos braços de Sange:

— Mamãe...

Cesso qualquer movimento. Percebo uma das escravas de dentro esgueirando-se atrás de uma sebe e logo correndo para os lados da suíte de Sinhá. Dom Minézio não pára de escrever. O quê? Eu não sei. Ismael, o escravo muçulmano e bem-composto, me dá o braço.

— Vamos?

Sange se levanta. Com o seu filhinho ao lado, andando normalmente, ela beija minha mão. Depois junta as duas mãos, agradecendo a Xangô num gesto ondulado, em seguida bate a mão direita no chão e na sua testa, como para dizer que saudava o orixá e a ele agradecia. Exclama:

— *Kabieci* (agradeço)!

Saio em companhia de Ismael. Esqueço-me de cumprimentar o capelão-mor Dom Minézio Rodrigues Calda e Caldas.

Caminhamos vagarosamente. Ismael convida:

— Vamos dar uma volta. Para você se recompor, Rosa Maria Egipcíaca da Vera Cruz. Não deve se apresentar assim emocionada diante de Sinhá.

Concordo de bom grado:

— Eu me sinto como se um caldeirão de água quente me tivesse caído na cabeça.

Mas logo volto ao normal com o passeio. Por todo o céu nem um farrapo de nuvem. Tarde calma. Os jardins do engenho de Dom Diogo Velho Cavalcanti de Albuquerque são famosos. Conhecidas as suas quaresmeiras, todas em flor, misturadas com as orquídeas amarelas que o Sinhô chama de bailarinas. Anuncio:

— Estou bem.

Ismael exclama:

— Praza a Alá conceder-te suas graças mais escolhidas de agora em diante, por toda a tua vida.

Depois Ismael beija a orla do meu manto, colhe a minha mão e me dá escolta até os aposentos de Sinhá como se eu fora deveras a rainha do Benim.

Um tempo breve. Eis a suíte de Sinhá. Entramos no seu grande salão.

Sinhá é uma mulher bonita. Não sei exatamente a sua idade.

Cumprimento Sinhá respeitosamente. Seu traje é de bom gosto. Moda de mulher branca. Leva na cabeça um capacete de ouro brunido encimado por algumas penas esvoaçantes de avestruz de uma alvura deslumbrante. Veste uma túnica pesada, cor de ameixa, que esconde seu corpo, exceto os braços e o pescoço bem-torneado. Seu maior encanto sem dúvida reside nos braços de porcelana nacarada, e eles, os braços, são ornados por largos braceletes do mais fino metal da Capitania das Minas Gerais.

Sinto-me perturbada diante de Sinhá. Não trouxe as suas frutas. Todas perdidas. Esborrachadas no chão. Entretanto alivio-me. Sinhá não me olha com dois olhos mornos, aborrecidos, lábios franzidos, ela toda hostil.

Admiro a graça e a compostura de Sinhá. Afinal Sinhá e Sinhô são primos pelo paterno e pelo lado materno. De todos os lados uma alta linhagem. Pertencem ao clã de Dom Jerônimo de Albuquerque, fidalgo do Reino, que entronca direto em El-Rei Dom Diniz de Portugal, através de seu segundo filho, Dom Afonso Sanches, casado com Teresa, filha de Dom João Afonso de Menezes, conde de Barcelos e senhor de Albuquerque na Extremadura espanhola. Dom Afonso Sanches acabou por adotar o nome de "Albuquerque". Entre os próximos descendentes desse príncipe estava Afonso de Albuquerque, vice-rei das Índias e tio de Dom Jerônimo de Albuquerque.

Pelo lado materno Sinhá e Sinhô entroncavam no

Grande Cacique Arcoverde, pai de Uirá-Ubi, esposa de Dom Jerônimo. O filho mais velho destes, o capitão-mor Dom Jerônimo de Albuquerque, depois de expulsar os franceses do Maranhão, acrescentou, por ordem do rei de Portugal, o sobrenome Maranhão e ganhou em terras uma vastíssima extensão, praticamente toda a Capitania do Rio Grande do Norte. O capitão-mor Dom Jerônimo de Albuquerque Maranhão aí fundou o engenho de Cunhaú, o mais antigo do Nordeste, e também fundou uma linda cidade: a cidade de Natal, à beira do rio Potengi.

Sinhá bate palmas. Todas as suas escravas de dentro e Ismael também, todos se retiram. Sinhá me convida a examinar as suas parures de rubis, alguns diamantes e uma cascata de pérolas admiráveis. Sinhá me presenteia. É verdade. Com pedras menos nobres. Sim. Malaquita, ágata, jade. Agradeço humildemente:

— Sinhá é muito boa.

— Ouvi dizer que você escreve versos.

— Poesia. Coisas que tais:

"Minha mãe mói o grão da mó
as vacas seguem-se em fila,
cada um de nós, à sua maneira, procura a fortuna.
O cavalo quer a carroça leve
as pessoas em regozijo precisam rir e brincar
o homem deseja a mulher, tão naturalmente
como a rã sequiosa deseja a chuva."

Ou então:

"Eu sou ele, tu és ela, tu és ela, eu sou ele, eu sou o céu,
tu és terra, eu sou o canto, tu és a estrofe.
Vamos nos unir para trazer ao mundo muitos filhos!
Amorosos, alegres, o coração em festa.
Que a nossa vida em comum dure mais de cem luas."

Sinhá guarda um longo silêncio. Depois, quebra-o, lentamente.

— Eu... eu sou... muito infeliz.

Abaixo a cabeça.

Sinhá suspira:

— Infeliz mesmo.

Cruzo minhas duas mãos.

— Não conheço nesta Capitania de Pernambuco nenhuma Sinhá tão boa quanto a Senhora. Sinhá exige senzalas limpas. Ninguém dorme no chão ou arranjando-se em cima de folhas. Ninguém trabalha dezoito horas por dia ou vai para o tronco por uma faltazinha de nada. Ninguém cai de fadiga ou dorme em pé e ao jogarem a cana na moenda se descuida e deixa o braço ser engolido pelos cilindros. Aqui não tem escravos com toco de braço ou sem mão, e nenhum foi esmagado na cana. Sinhá tem na mesa do Sinhô negrinhas bonitas que Sinhô elogia. Jamais passou pela cabeça de Sinhá servir como doce especial os olhinhos dessas negras bonitas, arrancados na ponta da faca, boiando em calda doce, como se tem feito em tantos engenhos do Nordeste. Nunca se viu na mesa de Sinhô a vagina de nenhuma negra, bem assada com molho ferrugem, como aconteceu naquele engenho da Paraíba. Nenhuma escrava teve seus dentes quebrados a martelo.

Sinhá me faz calar com um gesto imperioso.

— Soube o que aconteceu com o filhinho paralítico da escrava Bárbara, ou, como vocês chamam, a negra Sange.

Digo respeitosamente:

— Meu sincero desejo é ajudar minha Sinhá como ajudei o filhinho de Sange.

Súbito, ouvimos, vindo lá de fora, uma grande algazarra, e um bando de escravas de dentro invade o salão de Sinhá. Ela grita:

— Calma. O que é isso?

As escravas se calam. Na entrada do salão surge um índio imponente, comboiado pelo feitor João das Neves. O índio é muito alto, membrudo e mal-encarado. Usa batoque no sentido vertical, no lábio inferior. Acho feio o seu colar de búzios do qual pende, na frente, um caramujo rajado. A expressão do rosto é feroz. Há rugas na testa e outras bem grandes no canto da boca. Todas as escravas tremem quando o índio passa. Ele caminha com majestade. Chega perto de Sinhá. Inclina-se. Sinhá o acolhe com alegria:

— Salve, meu parente!

Reconheço o índio Poti, que Sinhô e Sinhá chamam de Dom Antônio Felipe Camarão. É um grande chefe potiguar. Famoso por sua bravura. É o capitão-mor de todos os índios da costa do Brasil entre o rio São Francisco e o Maranhão.

O índio diz gravemente:

— GUERRA! Os holandeses invadiram a cidade do Recife! Vieram pelo mar. Marcharam sobre Olinda e atacaram a capital desta terra. Nosso parente Matias de Albuquerque Maranhão, conde de Alegrete, governador da Capitania de Pernambuco, lutou como um doido, mas foi obrigado a retirar-se. O inimigo era superior em homens e artefatos. Os clarões de incêndio iluminam Recife, que agora é só um montão de ruínas. Há mortos sem conta. Contudo, Matias de Albuquerque conseguiu reunir o povo em fuga e alcançou o Arraial de Bom Jesus. Ali já se encontram todos os chefes que ele pôde juntar. O governador de Pernambuco prepara a resistência com um sistema de guerrilhas. Lá estão, entre outros, Francisco Rebelo, Henrique Dias e Dom Diogo Velho Cavalcanti de Albuquerque. Os estragos da guerra são muitos. Um traidor, Domingos Fernandes Calabar, revelou nossos segredos militares na luta das guerrilhas. Já caíram Iguarassu, Rio Formoso, Itamaracá e Rio Grande. A tomada de Rio Grande foi uma página de heroísmo. Pedro de Albuquerque, com vinte homens, resistiu ao assalto de mil holandeses. Afinal, caiu ferido, morrendo com todos os seus companheiros. O engenho de Cunhaú, do clã de nossos parentes Maranhão foi do mesmo modo rudemente invadido. Estamos todos lutando denodadamente. Minha esposa Clara chefia o batalhão de mulheres guerreiras. Sucedem-se embates terríveis. Henrique Dias perdeu a mão direita, mas continuou a pelejar com a esquerda, dizendo que ainda lhe restava um braço para servir à sua terra e expulsar o invasor e essa maldita liga de comerciantes rapineiros que atende pelo nome de Companhia das Índias Ocidentais.

Sinhá com voz trêmula indaga:

— Que sucedeu no engenho de Cunhaú de propriedade de nossos parentes Maranhão? Corremos perigo em nosso engenho?

O índio informa, seco e frio:

— A casa de Cunhaú está ensopada de sangue. Os holandeses, chefiados por Jacó Rabi invadiram o engenho de Cunhaú. Era domingo. Eles estavam lá na capela. Orando ao seu Deus. Na hora da elevação da hóstia, Jacó Rabi chegou com seus holandeses, matou todos os devotos ajoelhados e contritos. Na casa-grande foi o mesmo. Sucumbiram todos. Todos mortos.

Para a defesa desse engenho, minha parenta, as ordens de Dom Diogo são as seguintes: o escravo Teodoro assume o comando. Ele deve escolher, entre os escravos, cinqüenta homens aguerridos e conhecedores da arte da guerra.

Digo alto!

— Muito simples. A Grande Hiena é um comandante de alta qualidade, perfeito conhecedor de seu ofício.

Sinhá concorda com gravidade, balançando afirmativamente sua bonita cabeça. O índio prossegue:

— O escravo Teodoro sabe então o que deverá ser feito. Dom Diogo confia plenamente nele. Quanto a mim, devo, por ordem também de Dom Diogo, levar para o Arraial do Bom Jesus mantimentos em quantidade apreciável.

Sinhá ordena:

— Feitor, providencie tudo o que se faz mister. Mas que antes seja servida uma boa refeição ao meu parente Dom Antônio Felipe Camarão.

O índio levanta a mão:

— Grato, Senhora. Mas não quero comer. O tempo urge. Parto o mais depressa possível. Os holandeses serão expulsos. Em nossa terra, não será como na América Espanhola, que se parte em muitas fatias, de influências várias. Tantas pequenas nações. Já expulsamos os franceses. Virá breve a vez dos holandeses. Do Amazonas ao Rio Grande do Sul, seremos um só Brasil!

O índio parte depois de um cerimonioso cumprimento à Sinhá. Ela parece cansada. Uma das escravas de dentro traz-lhe um refresco que ela bebe devagarinho. Depois bate palmas. Suas escravas de dentro saem, bem como Ismael.

Sinhá me interpela:

— Então?

Repito o que já tinha dito:

— É meu desejo sincero ajudar minha Sinhá como ajudei o filhinho da escrava Bárbara.

Nos olhos de Sinhá leio um certo temor. Ela abaixa a voz:

— Bem. Não quero saber de patuás ou malefícios feitos de restos mortais de seres humanos ou objetos funerários subtraídos de sepulturas ou cemitérios. Não se sacrificam nem crianças nem adultos. Nada de ir à igreja e desenterrar algum antepassado e do seu corpo gasto retirar ossos das articulações dos pés, cartilagens dos narizes e todos aqueles ossinhos que existem ao redor, ou miolos hediondos e estas partes do corpo do defunto oferecê-las ao Diabo, adorando-o de joelhos e assistir ao Rei do Inferno comer os ossinhos e os miolos e reparti-los entre os outros demônios presentes. Não quero também nenhuma caveira debaixo do meu travesseiro.

Sossego Sinhá com bons olhares e gestos macios. Junto minhas duas mãozinhas:

— Eu sirvo ao amor. Só... ao amor. Estou ao serviço de quem precisa de mim. Sinhá... precisa.

— Que devo fazer?

— Cear a sós, esta noite, com o seu escravo muçulmano, Ismael. Depois...

— Depois?

— Ismael lhe fará... companhia.

Sinhá estranha. Eu concluo:

— Tenho certeza de que tudo se descobrirá. Sinhá vai saber por que Dom Diogo Velho Cavalcanti de Albuquerque, seu esposo, não freqüenta o seu leito.

Sinhá é rude:

— Em toda a minha vida só dormi com o meu marido, Dom Diogo Velho Cavalcanti de Albuquerque, três vezes. A primeira vez, na noite de nosso casamento. A segunda vez para fazer o segundo filho. A terceira vez para igualmente fazer mais um filho: o terceiro. Depois, então, Sinhô desistiu de fazer mais filhos.

Abaixo a cabeça, modestamente.

— Sinhá terá alegria no coração.

— Farei isso que você sugeriu.

Sinhá fecha os olhos. Entram suas escravas de dentro. Uma se põe a massagear-lhe o rosto. Outra a abana gentilmente. Uma terceira esfrega-lhe as pernas, e há uma que um por um vai aproximando e afastando cada dedinho do pé.

A escrava que sabe cantar entoa uma linda melodia:

— "Volta à perdida inocência do Paraíso
e brinca feliz e descuidado
nas águas da banheira transbordante.
Se viste a mulher bela que passa,
fugindo do teu desejo agudo,
goza-a nos braços de tua esposa...
A hora ardente da tarde que começa,
no silêncio e na sombra da casa-grande,
a mulher é um fruto sumarento que dessedenta..."

Deixo o salão de Sinhá, discretamente. Ganho as grandes varandas. Procuro Ismael. Lá está ele, à sombra de uma mangueira. Parece absorto.

— Nos caminhos do sonho, Ismael? Em que ruelas você se perdeu?

— Estou longe, sim, Rosa Maria Egipcíaca da Vera Cruz. Na cidade do Cairo, num grande pátio, no meio de um grupo. Alguns homens sentados, gravemente, encruzados, fumando o chibuck; outros em pé, imóveis, cheios de atenção. Lindas mulheres dançam. São as ghawazis. Vêm do Fayoum e de Assuão. Têm rostos aquilinos, trigueiros, violentos, e uma poderosa expressão de animalidade. São todas delgadas, ágeis, febris. Possuem longos cabelos dispostos em anéis sobre a testa, segundo a moda do Egito, ou feitos em duas longas tranças que caem até o chão. Os vestidos são justos ao corpo. Elas dançam só com estremecimentos do corpo. São danças lascivas que vêm da Assíria. A ação está concentrada na carne da bailarina. A sensualidade de todas é quase insultante. É a voz da carne. Uma carne...

Digo gentilmente:

— Acorda, Ismael. Há alguma coisa errada com Sinhá que se deve corrigir. Você hoje ceará com ela. Na hora da ceia conte algumas histórias interessantes. Você as conhece. O Reino da Fantasia. Você visitou tantas cidades. Pode falar sobre elas. Bagdá, por exemplo. A Babilônia antiga. Os califas que ali reinaram: Al-Mansor, Harum-Al-Raschid e Al-Mammum. E se possível encaixe algum conto das Mil e Uma Noites, essa graciosa expressão literária daquela época. Depois... durma com Sinhá.

Ismael é curto e breve:

— Ouço e obedeço.

Eu me ponho a rir um risinho de mofa. Ah, esses cristãos do porte de Sinhá. Então, não é que a Sinhá é contra as caveiras? Caveirinhas... Nada de expedientes com caveiras. Ora, ora. Todo mundo sabe que na Bahia a santa mais famosa dos cristãos, Soror Vitória da Encarnação, religiosa do Convento do Desterro, dentre as muitas penitências que costumava praticar, além de passar noites inteiras por sobre os túmulos do claustro do seu convento, rezando, chorando aos soluços e conversando longamente com as almas, certa vez desenterrou da tumba a canela de um defunto e, com esse osso na boca, percorreu o claustro em procissão numa Sexta-Feira Santa. A canela ainda estava fétida e asquerosa, impregnando fortemente a boca e o rosto da pobre freira, que ficou salivando durante oito dias sem parar devido ao fedor.

Sinhá está muito cheia de não-me-toques. Ora se eu não sei que inúmeros santos dos cristãos andavam sempre com caveiras na mão. Já vi estampas de São Jerônimo, São Francisco de Assis, Santa Catarina de Sena, Santa Margarida de Cortona, Santa Maria Madalena com uma caveirinha na mão ou sobre os pés. Ah, tem mais. Isso também é lá na Bahia e a informação que tenho é de segurança máxima. Os oradores sacros carregam sempre, no púlpito, uma caveira humana. Certa vez, em Salvador, no Mosteiro de São Bento, o pregador, irritado com a desatenção dos fiéis às suas práticas, jogou do púlpito a dita caveira que sempre levava na mão, e a caveira foi direitinho cair no colo de duas *inguavanas* (prostitutas).

Deixo Ismael. Dirijo-me à suíte de Sinhô. Tenho como certo que esta noite vou ter um bom descanso. Vou poder dormir a meu gosto na cama de Sinhô, naquela cama tão macia que tem uma colcha bordada com fio de ouro.

De como Xipoco-Xipocué fica muito irritada com Rosa Maria Egipcíaca da Vera Cruz e a castiga com especial e requintada crueldade

No meio da noite, acordo. Tenho sede. Levanto-me. Lá está o muringue de água fresca. Há uma cobra enrolada no muringue. Quando me aproximo, a cobra com toda cortesia se desenrola do muringue. Apanho o muringue. Deito água no copo. Bebo. Termino de beber. Olho a cobra. Ela se enrola no muringue. Volto para a cama. Deito. Durmo.

Em pleno sono, sou visitada nos caminhos do sonho por uma bela senhora. Toda vestida de azul. Um manto branco. Apresenta-se:

— Sou a tua padroeira. Meu nome é Santa Rosa Maria Egipcíaca da Vera Cruz. És uma inguavana. Eu também o fui. Sou a padroeira das prostitutas. Por esse motivo o teu nome de batismo cristão é Rosa Maria Egipcíaca da Vera Cruz.

Respondo com elegante delicadeza e boa educação:

— Bem, Senhora, não sou propriamente uma inguavana. Por contingências da vida tornei-me escrava. Aliás, motivos inteiramente alheios à minha vontade. A Senhora é uma Santa cristã, e é possível que conheça bem o que já passou, o hoje, e o que vai acontecer depois. Mas sempre é bom refrescar a memória. Quando fui comprada no mercado de escravos da cidade de Recife, na capitania de Pernambuco, por Dom Diogo Velho Cavalcanti de Albuquerque, este fez-se acompanhar por um célebre médico do Reino. Fui examinada caprichadamente. Ficou então dito que eu não tinha bouba, o bicho-da-costa, o gundu, caquexia, o ainhum, e sobretudo não havia sinal de vesículas, gomas, ulcerações de pele, nas mucosas, lesões nos ossos, nas vísceras. Eu tinha quinze anos. Era virgem. Absolutamente nenhum sinal de sífilis ou mal francês. Isso agradou, definitivamente, Dom Diogo, que se pelava de medo dessa doença. De passagem sempre é bom lembrar que os escravos de Sinhô eram e sempre foram bem-tratados. Nenhum deles se suicida, se enforca ou come terra. Ninguém se afoga ou se joga das montanhas, esborrachando-se nas pedras. Não há varíola entre eles, e jamais se enterrou um escravo de Sinhô em cova rasa na beira da estrada para que os cachorros, revolvendo a terra, comam suas carnes. Fui escolhida pelo Sinhô para ser sua favorita. Ele me deflorou tão gentilmente com delicadezas de enamorado, proclamando que eu era muito limpinha, sem nenhuma doença, dessas que envergonham as pessoas e que se instalam nas criaturas até nas mais qualificadas. Prometeu-me que jamais me colocaria na cidade do Recife como "negra de ganho" porque isso era um perigo para a minha saúde. Portanto, que ficasse eu bem descansada que nunca seria instalada como meretriz para obter para ele renda extra com o meu trabalho. Apenas, ele chama todas as noites o seu Amigo Principal nº 1 e o seu Amigo Principal nº 2 que também são bem limpinhos e promovem pequenas festas em sua suíte e nelas evidentemente, ele e seus dois amigos, que não têm nenhuma doença, me cobrem várias vezes, e no final dormimos todos juntos, na linda cama de Dom Diogo, que tem esta rica colcha bordada com fio de ouro.

"É verdade que o Amigo Principal nº 2 tem problemas. Muitas vezes, em lugar de me cobrir, ele prefere recitar poesias e lembrar um amor distante que, sem mais nem menos, resolveu morrer. Claro que é uma linda poesia. No final, não sei se é por efeito do ótimo vinho que ele bebeu ou se é de saudade mesmo, ele se põe a chorar copiosamente recitando seus versos:

Alma minha gentil, que te partiste
Tão cedo desta vida, descontente,
Repousa lá no céu eternamente,
E viva eu cá na terra sempre triste.
Se lá no assento etéreo onde subiste,
Memória desta vida se consente,
Não te esqueças daquele amor ardente

Que já nos olhos meus tão puro viste.
E se vires que pode merecer-te
Algũa cousa a dor que me ficou
Da mágoa sem remédio, de perder-te,
Roga a Deus, que teus anos encurtou,
Que tão cedo de cá me leve a ver-te,
Quão cedo de meus olhos te levou.

"Mas aqui entre nós, acredito que o motivo de tanta choradeira do Amigo Principal nº 2 seja bem outro. Ele fica deprimido, angustiado e muitíssimo aborrecido porque o seu pênis se entorta durante a ereção. Tal e qual o grande arco do cacique Poti, ou seja, de Dom Antônio Felipe Camarão. Para piorar mais as coisas, a potência do Amigo Principal nº 2 cai de repente. Para ejacular é uma luta. Ele sente dor profunda. Portanto conclui-se que aquela choradeira de Alma minha gentil que te partiste é só uma cortina de fumaça, uma justificação. Ah! tem mais. Em certas ocasiões ele é acometido de um terror sem limites, quando se aproxima de mim. Eu fico logo com muita pena e pergunto: 'Estás com medo? Que aperreio é esse?' Acaricio com ternura o seu rosto e digo: 'Não é bom reprimir o terror.' Em seguida, bem enérgica, enquanto Sinhô e seu Amigo Principal nº 1 se entopem com as boas comidas espalhadas na mesa, iluminada com serpentinas de velas de cera, eu advirto o Amigo Principal nº 2: 'Ter medo é bom. Quando nunca se sente medo é porque há algo de errado dentro de você. A vida bem freqüentemente é um adversário duro. Você por causa dela pode ficar nervoso, ter labirintite, garganta seca, intestino solto ou, por conta da instabilidade econômica, já que o rei de Portugal muda de ministro da Economia tão freqüentemente, ficar estressado, sem saber o que vai fazer do seu dinheiro, onde aplicar, como guardar, e aí então perde as referências, o que provoca reações inesperadas, que podem até mesmo fazer você pensar em suicídio. Não devo me esquecer de mencionar, de lembrar a destruição das expectativas, inclusive as diversas mudanças na política do rei português e as denúncias que uns fazem sobre as pessoas e nunca se sabe se fomos incluídos nelas. Mas quando nunca se sente medo é porque há algo de errado dentro de você. Eu repito: ter medo não é uma coisa má. Isso pode ser usado a nosso favor. Aposto que você está com vontade de urinar e tem gosto de metal na boca. O medo precisa ser compreendido, e para isso o melhor que se tem a fazer é falar a respeito. Homens em geral não gostam de admitir que não são atletas sexuais. Fale sobre isso. Pense nisso. Enfrente isso. Então coloque o medo no seu lugar, protegendo você, mas sem dominar a sua mente. Se você ficar congelado de medo, você fica desabastecido de energias protetoras. Aí estará sujeito a que aconteça algo de mau com você.'

"De modo geral esse palavreado amistoso sempre ajuda, e o Amigo Principal nº 2 volta a sorrir. Como a Senhora deve ter percebido, eu não sou uma inguavana. Agora, não rejeito a sua proteção. Muito ao contrário, eu a recebo com alegria. Aceito o que a vida me dá. Se for coisa ruim, é claro que dou um jeito e pulo fora.

Santa Rosa Maria Egipcíaca da Vera Cruz suspira:

— Mas eu fui uma prostituta. Nasci no Egito. Fui famosa pela beleza das minhas formas e pela lascívia dos meus costumes. Estreei na arena da vida de forma miserável. Não conheci minha mãe. Meu pai cometeu um crime e com medo da justiça dos faraós fugiu para Constantinopla. Lá arranjou um emprego de guardador de ursos do hipódromo. Eu esmolava pelas ruas para ele. Trazia boas moedas, já que era uma meninazinha bela. Meu pai gastava todas as moedas se embebedando. De repente morreu. Eu fui trabalhar no teatro, o que, segundo a terminologia da época, equivalia a prostituir-se. Consegui grande sucesso, quando, com grande comicidade, imitava esse ou aquele personagem, ou quando declamava versos como um bobo da corte, o que divertia enormemente os devassos de Constantinopla. Não era fácil para uma garota completamente privada de bens de fortuna como eu. Atirei-me a tudo. Em breve era famosa e possuía uma casa onde os nobres de Constantinopla encontravam escoamento para todas as formas de luxúria. Mas um dia, de repente, a graça divina me tocou. Abandonei tudo. Distribuí entre os deserdados minhas jóias, meu dinheiro, minhas propriedades. Não optei simplesmente pelos pobres, mas pelos mais pobres dentre os pobres, os leprosos, aos quais passei a chamar carinhosamente de meus irmãos cristãos ou meus irmãos em Cristo. Parece uma loucura o que fiz. Mas tenho uma consciência clara disso. Eu queria ser um novo louco no mundo. Sabia, entretanto, que essa loucura era apenas uma nova forma de convivência e me abria a possibilidade de um mundo rigorosamente novo no qual eu podia perceber que nós podemos realmente nos sentir mais irmãos. Descobri também que ser radicalmente pobre é o único caminho para ser plenamente irmão. O que impede o encontro com o outro e com Deus é a vontade de possuir, são os interesses que se interpõem entre as pessoas.

Exclamo:

— Ah! minha Senhora, a vida tem exigências que não podem ser contrariadas. A sua fraternidade é muito difícil. Creio que nunca poderei ser uma cristã.

— Você não entendeu. O relacionamento com os pássaros, os animais, a água, o fogo, a cigarra que anuncia o verão não é um relacionamento de posse. É convivência. É fraternidade. É a pobreza vivida como opção que nos leva ao maior prêmio: a liberdade. Somente a pobreza consegue desembocar numa imensa liberdade e num gozo desinteressado de todas as coisas.

Começo a achar que dificilmente um dia eu poderia ser uma santa cristã. Mas pelo menos posso ter uma santa cristã como padroeira. Santa Rosa Maria Egipcíaca da Vera Cruz parece que também se dá como satisfeita. Presenteia-me com a sua bênção. Recomenda-me ir à capela do engenho rezar pelos deserdados da vida. Convida-me expressamente:

— Tenta ser uma Santa cristã. Teu nome ficará nos anais do cristianismo. Levas jeito para coisas diferentes. Que mais extraordinário do que a reunião absoluta com o Deus cristão? Nas mais altas coisas divinas encontrarás amor, e aí então nas menores coisas humanas encontrarás emoção e deleite.

A Santa abruptamente, sem despedir-se, desaparece. Um sono bem tranqüilo toma conta de mim. Durmo horas. Acordo com três pancadinhas leves na janela. Salto da cama. Banho meu rosto para acordar melhor. Enrolo-me na minha capulana doirada. Abro a janela.

É Ismael. Cansado e contrafeito. Foi logo falando:

— Sei muito bem por que o Sinhô não freqüenta o leito de Sinhá. Desanimador. Eu faria o mesmo.

— Conta-me tudo desde o começo para que eu possa fazer uma correta avaliação.

— Primeiro eu a entretive com amenidades. Disse onde eu nasci. Cairo. Egito. Porém minha família, toda muçulmana, era oriunda da Etiópia. Uma terra de habitantes justos que veneram até hoje uma linda mulher: a rainha de Sabá, enamorada de Salomão e que dele teve um filho chamado Menelik. Sem dúvida, outro monarca etíope de fama foi Prestes João, a quem os portugueses tanta homenagem renderam. Os muçulmanos tornaram-se senhores da Etiópia e a dominaram inteiramente. Meu pai era dono de uma bela mansão em Axum, com maravilhosos jardins suspensos. Ele dividia seu tempo entre essa cidade e o Cairo, onde possuía um número incalculável de tendas que vendiam tecidos, jóias, objetos de arte. Meu pai abastecia suas tendas nos mais diversos lugares: Bagdá, Damasco, Índia, Mongólia, China, o remoto Japão. Um dia, quando ele voltava de Bagdá, sua cidade favorita, em pleno deserto, foi atacado por uma tribo de beduínos que se dedicava à pilhagem. Foi morto. Sua comitiva conseguiu fugir. Eu, menino com apenas dez anos, fiquei pranteando meu pai morto. Fui vendido como escravo a ingleses, esse povo rapineiro, que sempre semeou malícia e terror no Oriente. Terríveis concorrentes dos portugueses que traficam com negros para a América sempre os venceram. Além disso, esses ingleses, quanto mais roubam, mais títulos e honrarias recebem. São elevados à nobreza, já que fazem com eficiência grande acumulação de capitais, financiando a indústria e o imperialismo. Todo mundo sabe que o governo português teve um prejuízo calculado em duzentas mil peças de ouro, resultantes dos roubos do flibusteiro Hawkins, que só na Guiné furtou dezoito navios carregados de ouro, marfim, especiarias e dois mil negros africanos escravos. Tráfico negreiro dominado pela Inglaterra, chave que abre a porta para os seus produtos manufaturados. O que é que o tratado de Utrecht fez? Deu a essa gente o monopólio do tráfico para usarem e abusarem dele o tempo que lhes fosse conveniente, leia-se imperialismo secular.

— Entre no assunto, entre no assunto.

— Sim, sim. Lá vou eu. Sinhá vestia uma pesada túnica que lhe escondia inteiramente o corpo, exceto braços e pescoço. A ceia de Sinhá era leve. Frutas, um guisado simples, bom vinho europeu. Eu servi Sinhá e ela me serviu. Começo promissor. Concordo que há nessa mulher muitas perfeições. Lindos braços. Conjunto de ternas cores em suas faces, graça no sorriso, encanto na voz. No segundo copo de vinho, eu tinha como seguro que estava no paraíso, diante de uma huri. A vida é boa quando se possui um belo zib (pênis) e todas as suas conseqüências. Esplêndida herança que recebi do meu venerável pai. Sentia-me felicíssimo. Mas parecia-me que a razão me abandonava e as batidas do meu coração se aceleravam. Estaria eu louco? Gosto de loucos. São pessoas dotadas apenas de um entendimento diferente, pois acham relações entre as coisas que os que não estão loucos jamais distinguem. Pois bem, eu já me preparava para atrair aquela mulher tão desejável aos meus braços e manipular com ela de forma esperta todos os casos sem vacilar, numa batalha de pernas e de coxas, portando-me com valentia, maestria de choques e vaivéns, uma noite de galo, sem dúvida por excelência, quando ela mesma deu o sinal de partida e ordenou-me que apagasse todas as velas.

"Louvores a Alá, que dá asas ao vôo dos pássaros, que faz dançar o bode desde o seu nascimento, que faz saltar o rio, brotando da rocha, e que põe no coração de seus crentes um instinto invencível e formoso como o canto das avezinhas ao amanhecer do dia. Apaguei as velas. Mas abri as janelas. Ia aplacar meus desejos e soprar no ouvido de Sinhá palavras doces tais quais: 'Sabes, ó fruto do meu coração, que já não poderei passar sem ti?' ou 'Não creias que me bastarão uma ou duas noites, uma ou duas semanas, um ou dois meses, um ou dois anos. Quero estar ao teu lado todas as noites.'

"Deveria eu desnudar Sinhá e contemplar seus tesouros?

"Sinhá sentou-se na sua cadeira de grande espaldar. Enchi-me de paciência. Ajoelhei-me aos seus pés e resolvi niná-la de longe com uma história galante para redespertar a natural inclinação de toda mulher. Apoderei-me do enredo e palavras do conto das *Quitab alif laila ua laila* (As Mil e Uma Noites), história apropriada como música para embalar aquela situação.

"Subitamente Sinhá começou a chorar amargamente. Acredito que com um bom azeite abrem-se os cadeados mais duros e com doçura se amansam os leões. Beijei-lhe os pés e perguntei: 'Oh, luz da minha alma, por que maltratas assim a formosura dos teus olhos? E que dor é a tua que te faz esquecer mesmo a presença de alguém novo para ti?'

"Sinhá redobrou seus soluços e suas lágrimas e baixou a cabeça. Felizmente, depois de alguns breves instantes recuperou-se. Falou com uma voz embargada pela emoção:

"— Os grandes senhores portugueses e espanhóis, um esposo e sua esposa, só se amam obedecendo ao santo ritual.

"Fiquei logo curioso e indaguei solícito:

"— Ah, o que é isso? Fique tranqüila. Oh minha Senhora, a lei de Alá e de seu Profeta, com ele a Prece e a Paz, proíbe ao crente obter de alguém algo por violência. E se não se deve tomar por força um pedaço de pão, que dirá quando se trata do coração? Tranqüilize a sua alma, refresque os seus olhos, que nada mais do que está escrito em seu destino vai lhe suceder.

"Sinhá explicou:

"— Ama-se em caixões duplos, forrados por acolchoados de seda, com uma separação central de madeira fina com um orifício para permitir estritamente a passagem do falo masculino. Fechado o casal no duplo féretro, e a época indicada para esse acontecimento é sempre entre a Páscoa e Pentecostes, acendem-se quatro velas e lêem-se ladainhas e cânticos de defuntos. Assim os esposos de sangue nobre conhecem o caminho da carne conscientes da vaidade do prazer e da transitoriedade da vida. Nada de entrelaçamento de pernas, nada de misturar umidades e línguas, ações provocativas, infusão oral, visões demoníacas, atividades diabólicas.

"Guardei um prudente silêncio. Refleti alguns instantes.

"— Acontece que eu não sou um grande senhor. Também não somos esposos. Igualmente não sou português nem espanhol.

"De repente uma surpresa. Sinhá riu-se gostosamente e convidou-me a contar a minha história galante. Não me fiz de rogado:

"— Um certo homem apaixonou-se perdidamente por uma mulher bela e encantadora. Esta jovem era um modelo de graça e perfeição. Casada com um homem a quem muito amava, só tinha olhos ternos para ele. Por ser virtuosa e casta, o homem que dela estava apaixonado não podia encontrar um meio de seduzi-la. Como há muito torturava-se sem resultado, ocorreu-lhe valer-se de algum estratagema para vingar-se ou vencer a frieza da aludida dama.

"O esposo da virtuosa esposa tinha em sua casa um servidor de confiança que ali havia sido educado desde a infância e que guardava a casa durante a ausência dos seus donos. Assim é que o despeitado namorado foi à procura daquele jovem e travou amizade com ele, dando-lhe numerosos presentes e cumulando-o de vestimentas, até o ponto em que o jovem acabou sentindo por ele verdadeira devoção e obediência em tudo, sem restrição.

"Quando lhe pareceu que chegara a oportunidade, o enamorado disse um dia ao jovem: 'Oh amigo, gostaria de visitar, hoje, a casa de teu patrão, quando ele se ausentar.' O outro retrucou: 'Muito bem.'

"Os donos da casa saíram. Ele para ir à sua tenda ultimar um negócio vantajoso. Ela para visitar seus pais. O empregado foi em busca de seu amigo. Tomou-o pela mão, introduziu-o na casa, fazendo-o visitar todos os cômodos para ver o que neles havia. O apaixonado perjuro, que estava firmemente resolvido a vingar-se da jovem mulher, tinha preparado uma velhacaria e estava apenas esperando o momento propício para realizá-la. Assim, quando chegou ao dormitório, aproximou-se da cama e derramou nela o conteúdo de um frasco que tivera o cuidado de encher com clara de ovo. Fez a coisa tão discretamente que o jovem empregado nada percebeu. Depois disso saiu da casa e seguiu seu caminho, foi passear pelas ruas de Bagdá e chegou até o rio Tigre para se distrair.

"Quanto ao esposo da jovem mulher, ao pôr-do-sol fechou a sua tenda, sentindo-se cansado devido ao trabalhoso dia, e foi para a cama repousar, mas logo viu uma grande mancha que se destacava no cobertor. Retrocedeu assombrado e desconfiadíssimo. Imediatamente pensou: 'Quem poderia ter entrado em minha casa e feito com minha esposa o que fez? Isto que vejo é líquido de homem sem dúvida alguma.' E para certificar-se enfiou o dedo no líquido e exclamou: 'Sim, tenho certeza que é.'

"Enfurecido, quis matar primeiro o jovem empregado, mas mudou de idéia, refletindo que dele não poderia ter saído uma tão grande mancha porque ainda não estava na idade em que os testículos incham. Chamou sem demora o jovem e com voz tonitruante perguntou: 'Onde está tua patroa, miserável aborto?' O rapaz logo respondeu: 'Foi visitar os pais. Sua mãe está doente com fortes dores na coluna. Depois, ela disse que passaria pela casa de banhos para tomar um bom e relaxante banho.'

"Ao ouvir estas palavras, as suspeitas consolidaramse na cabeça do mercador, pois a lei religiosa exige que os muçulmanos vão à casa de banhos tantas vezes quantas se verifiquem os prazeres do amor. Gritou então com o jovem empregado: 'Corre imediatamente para dizer-lhe que volte.' O rapaz apressou-se em executar estas ordens.

"Quando a esposa chegou, o mercador saltou sobre ela e sem pronunciar uma palavra, segurando-a pelos cabelos, atirou-a ao solo, dando-lhe tremendos tapas e murros. Em seguida, amarrou-lhe os braços, pegou uma faca e dispôs-se a degolá-la.

"A mulher começou a gritar tão fortemente que todos os vizinhos e vizinhas acudiram em seu socorro, encontrando-a a ponto de ser estrangulada. Separaram então o marido, à força, e perguntaram-lhe a que causa obedecia semelhante castigo.

"A esposa falou que desconhecia a causa.

"Então todos disseram ao mercador: 'Se não estás satisfeito com tua mulher, tens o direito de te divorciar. Não podes matá-la. Ela é casta e nós como tal a conhecemos, e disso daremos testemunho ante Alá e o juiz. Desde muito tempo é nossa vizinha e nunca notamos nada de reprovável em sua conduta.'

"O mercador respondeu: 'Deixai-me degolar esta licenciosa. Se quereis uma prova de suas sem-vergonhices, olhai para a mancha líquida que deixaram os homens que estiveram em sua companhia no meu leito.'

"Ao ouvir estas palavras, os vizinhos e as vizinhas aproximaram-se da cama, e cada um enfiou o dedo na mancha dizendo: 'É líquido de homem!'

"Naquele momento aproximou-se, por sua vez, o jovem empregado, que recolheu em uma frigideira o líquido que não havia sido absorvido pelo tecido. Colocou a frigideira ao fogo, fazendo com que o conteúdo cozinhasse. Depois disso pegou o cozido, comeu a metade e distribuiu a outra metade entre os presentes, dizendo-lhes: 'Provai, é clara de ovo, simplesmente clara de ovo.'

"Todos asseguraram-se então de que realmente era clara de ovo, inclusive o marido, que compreendeu que sua esposa era inocente e que a havia acusado e maltratado injustamente. Apressou-se a reconciliar-se com ela, e para selar seu bom acordo presenteou-a com moedas de ouro e um rico colar de pedras preciosas.

"Esta história prova que há líquidos e líquidos, e que é preciso saber diferenciar as coisas.

"Sinhá se riu gostosamente. Parecia estar de excelente bom humor. Pediu vinho. Bebeu. Era difícil para mim movimentar-me naquela escuridão. Às apalpadelas, fui despojando Sinhá de suas roupas. Admirei-me: quanta roupa Sinhá usava por baixo de sua túnica. Levei Sinhá, nua, para o seu leito. Atirei-me à cama, disposto a cavalgar aquela bela mulher como um galo triunfante. Então...

Ismael abaixa a sua cabeça.

— Por Alá, é uma pena. Deploro minha má sorte por toda a minha vida.

Fico profundamente impaciente. Bato o meu pezinho:

— ENTÃO?

— Só me faltava era fugir dali.

— Fala! O que é que aconteceu?

— Pelas janelas abertas surgiu a lua e inundou o quarto de luz. Eu vi... Sinhá ostenta um opulento bigode em volta do sexo. A vagina é tão grande, tão larga que parece uma rua. Há bolas de gordura nas coxas. Os lábios vaginais são orelhas de elefante. Tão compridos, imensos, flácidos, de um branco desmaiado... horrível. Essas orelhas de elefante desabam coxas abaixo. O monte de Vênus? De monte não tem nada. Trata-se de uma desastrada planície que num determinado ponto se retrai sobre si mesma. A barriga de Sinhá tem estrias ásperas, rugosas, que caem em dobras. Um espetáculo deprimente.

"Sinhá gritou furiosa: 'Feche todas as janelas. Corra as pesadas cortinas. A luz me incomoda. Saia!'

"Apressei-me em obedecê-la. Vim para cá e aqui fiquei, quieto, esperando o dia amanhecer. Aguardava uma noite de delícias e só encontrei decepção. Por Alá, estou perplexo. As palavras todas que pronunciei, tudo o que relatei, ó Rosa Maria Egipcíaca da Vera Cruz, não contêm nenhum engano, e minha linguagem é sincera, e não cheia de evasivas. Responda-me com sinceridade: é possível a Sinhô dormir com uma mulher assim mais do que três vezes? O coração de Sinhô só transborda de amor por ti.

Ismael se prosterna. Permanece de joelhos, curvando-se até que sua testa assente sobre os braços cruzados. Ergue esses braços, voltando-os para o lado em que nasce o sol, que é também o lado de Meca. Ali fica rezando ao seu Deus, inerte como um saco derrubado.

Faço meus planos. Colher imediatamente frutas e oferecê-las à Sinhá. Propor-lhe um plano audacioso, mas que certamente dará resultados. Ela deverá, imediatamente, consultar o famoso médico do Reino que se encarregará de regular a sua estranha anatomia. É verdade que desconfio dos médicos brancos. São vorazes, loucos por moedas de ouro, e aumentam o preço de suas consultas a espaços cada vez menores. Se vão a domicílio cobram pequenas fortunas, e tantos inventam processos médicos, altamente dispendiosos e definitivamente dispensáveis. Quem sabe se Sinhá gostaria de se entender com algum índio? Não seria melhor tratar-se com um tapuia do sertão que sabe das coisas por instinto? Eles tratam pela goma do cajueiro e pelo pau-tacagé. O Brasil não é Europa. Tudo diferente. O que é bom para eles é de pouca valia para nós. Não se deve desprezar a moda dos indígenas. Nem se deve trocar seus curandeiros pela medicina oficial do Reino. Um caso a estudar. Onde é que Sinhá fica mais segura? Na mão de um pajé ou na mão de um médico português estranho a este meio e suas doenças?

Deixo Ismael entretido com suas devoções.

— Ó Senhor, pela santidade do nosso profeta Isã, pela afeição que tivestes por ele...

Ismael se debulha em lágrimas.

— ... perdoai os nossos pecados, ouvi as nossas súplicas, recebei os nossos trabalhos.

Disposta e decidida a ajudar Sinhá, tomo o caminho do pomar para colher frutas. Penso em perfumadas mangas. Seriam bem acolhidas? As mangas da capitania de Pernambuco são as melhores mangas do mundo. No meio do caminho, me encontro com uma das cadelinhas de Sinhá. Fico admirada com o seu estado lamentável. Ela está magra, tão esquelética que se pode ver o sol através de suas costelas. Tem o pêlo roído, manchas nos cotovelos, e nádegas tão nuas como o traseiro dos macacos da cidade do Benim. Volto aos aposentos de Sinhô com a cachorrinha no colo, e na cozinha particular de Sinhô encontro o de comer para o bichinho. A cadelinha se lança vorazmente naquela boa comida. Será que Sinhá não dá alimento ao seu bichinho ou impede que suas escravas o façam? Teria a cadelinha perdido as suas boas graças? Dou água ao animalzinho e saímos juntas. Lado a lado. Claro que para ir ao pomar eu me aproximo da suíte de Sinhá. Gritos estranhos vêm daquele lado. A cadelinha foge. Some da minha vista. Aproximo-me com certa apreensão. O que teria acontecido? São berros! Uivos. As escravas correm agitadíssimas. Vejo o capelão-mor Dom Minézio com a bacia de água benta nas mãos. O feitor dá ordens a um escravo:

— Padre Xota! Vá buscar o padre Xota. A cavalo. Ligeiro. Tenho por certo que ele se encontra no Arraial do Bom Jesus. Traga-o já.

Levanta-se uma nuvem de poeira. O escravo Martinho, montado num dos mais ligeiros cavalos de Dom Diogo, parte na direção do Arraial do Bom Jesus em busca do padre Xota.

Gosto muito do padre Xota. De meu, já que sou uma escrava, só possuo o meu corpo. Padre Xota é casto. Nada para oferecer-lhe, então.

Debalde os inimigos do padre Xota tentaram perdê-lo enviando-lhe índias lindas, inteiramente nuas, para visitá-lo. Ele, firme e delicado, as mandou de volta. Sem resultado, esses mesmos inimigos despacharam jovens mulheres brancas de lindos seios à mostra, rosto colorido dos pós de Alexandria, perfumadas à flor de laranjeira, cuidadosamente macerada, para abraços ardentes e estonteantes fornicações. Tudo em vão. Envolveram-no de outra forma. Presentearam-no com caixas do mais fino vinho europeu e cestas repletas de requintadas iguarias. Padre Xota distribuiu o vinho e as comidas com os mendigos das estradas. Muitos tentaram confundir o seu espírito com discussões sobre variados temas religiosos. Ele permaneceu sólido em sua fé e derrotou seus interlocutores. A castidade é a opção do padre Xota para o caminho da perfeição ao lado da pobreza e da solidez da Fé. Sua missão é curar as mentes torturadas pelo Demônio.

Vou me aproximando da suíte de Sinhá com cautela. Encostado no vão de uma porta dou com o velho Mbende. Parece assustado.

— Sinhozinho. Foi Sinhozinho. Doidou.

Abaixa a voz:

— Acordou cedo como faz todo dia só para passear com a cabra. Não encontrou a cabra. Voltou. Entrou na suíte de Sinhá. Quebrou tudo.

Dou ordens ao velho Mbende:

— Você vai buscar a cabra de Sinhozinho. Ela se encontra na Serra da Barriga, entre os negros rebeldes que se juntaram num acampamento chamado Quilombo dos Palmares.

— Mas são léguas e léguas de distância, e eu sou velho, doente, alquebrado.

— Serás jovem enquanto durar o empreendimento.

— Jovem?

— Só por algum tempo.

— Vale. Tudo vale por um retorno. Ah! que o diabo leve a velhice, essa coisa horrível! Padeço de tantas dores que me tiram o prazer de existir. Ah! Xirico, pela arte da rainha Derumo, devolve-me alguns minutos de Primavera.

Imponho minhas mãos na cabeça do velho Mbende. Ele se transforma imediatamente. Volta a ser o jovem ágil, considerado o melhor caçador de leões de todo o Reino de Benim.

Recomendo:

— Tens a rapidez do raio. Vai e volta num abrir e fechar d'olhos.

O agora jovem Mbende se alça nos ares. Voa como um pássaro na direção das Alagoas, onde se encontra a Serra da Barriga. Ele se perde no azul do céu.

Apresento-me timidamente no salão de Sinhá. É um espanto. Um terremoto passou por ali. Tudo quebrado. Escapou apenas a cadeira de Sinhá. Lá estava ela sentada. Lábios franzidos e os dois olhos mornos, extremamente aborrecidos, hostis. Sinhozinho foi dominado por seis escravos e trancado num quarto vizinho que não tem janelas. É a sala de banhos de Sinhá. Diante dela está Dom Minézio com a sua bacia de água benta.

Ele se explica:

— Garanto, Sinhá, que o caso é grave. Aspergir água benta foi insuficiente. Aguardemos o padre Xota. Conhece o assunto e é responsável por fantásticos exorcismos. É useiro e vezeiro em tirar os demônios piores dos corpos de brancos e negros. Já tem feito maravilhas. Tenho para mim que esse diabo que atacou Sinhozinho é Familiá, um diabo preto que é conservado dentro de uma garrafa e guardado entre os pertences de alguém.

Dom Minézio me viu na entrada do salão de Sinhá.

Lançamento de um olhar suspeito que eu sustento com absoluta candura.

— Estas nossas regiões estão infestadas de demônios. Sei bem, através de São Cipriano, como é que Familiá se manifesta. Alguém matou um gato preto; depois de morto, tirou-lhe os dois olhos e meteu esses olhos dentro de um ovo de galinha preta, tendo o cuidado de separar, dentro do ovo, um olho do outro. Em seguida levou esse ovo e o colocou entre uma pilha de estrume de cavalo. O estrume, diga-se de passagem, com certeza estava bem quente. E é ali que se gerou o diabinho. Todos os dias o dono do ovo visitou-o na pilha de estrume. Isso durante trinta dias, que é o tempo que o diabo leva para nascer. As palavras que foram ditas na hora dele nascer só podem ter sido estas: "Ó Grande Lúcifer, eu te entrego estes dois olhos de um gato preto para que tu, meu grande amigo Lúcifer, me sejas favorável nesta apelação que faço aos teus pés. Meu grande ministro e amigo Satanás e Barrabás, eu vos entrego a mágica preta, para que vós lhe ponhais todo o vosso poder, astúcia e inteligência." Logo que o diabinho nascer, e ele o fará sob a forma de um lagarto pequeno, a dona ou o dono o mete dentro de um canudinho de marfim ou um buxo e lhe dá a comer ferro ou aço moído. Esse diabinho, solto, leva o nome de Familiá e comete tropelias como esta que estamos a ver com nosso Sinhozinho. O cheiro de Familiá é enxofre puro. Sinhá pode sentir perfeitamente que é o odor que apresenta este salão.

"Este demônio, se não for expulso, põe-se a crescer e aparece então chifrudo, rabudo, às vezes com a cauda arrematada em seta, unhudo, olhos redondos em brasa, cascos e barba de bode, pele tisnada, hirsuta, e asas semelhantes às do morcego. Também em certos casos ele vira Lobisomem ou Mula-sem-Cabeça. Só não toma é a forma de galo, boi, jumento, porque estes animais serviram ao Menino Jesus, e aquele anunciou o seu nascimento.

Eu me adianto, modestamente. Cumprimento Sinhá. Faço uma vênia à moda dos brancos para Dom Minézio.

— Permita-me, Sinhá, entrar na sala, onde se encontra meu Sinhozinho.

Sinhá hesita. Dom Minézio, aborrecido, se retira para um canto. Coloca sua água benta em cima de uma mesa, a única que escapou da destruição geral. Silêncio. Caminho para a sala de banhos de Sinhá. Os gritos de Sinhozinho recrudescem. Os negros estão apavorados. Eles se afastam para que eu mesma abra a porta. Faço isso. Entro.

— Sua cabra vai chegar. Mandei buscá-la. Sinhozinho não pode recebê-la assim tão desmazelado. Sinhozinho deve tomar um banho. Pentear o cabelo. Vestir um fato limpo. Ela teria fatal desgosto vendo-o tão sujo e desconchavado.

Sinhozinho concorda. Acrescento uma recomendação:

— Lave bem as suas orelhas, que não estão apresentáveis.

Em breve tempo Sinhozinho conclui a sua toalete. Sorri. Eu também. Abro a porta que dá para o salão de

Sinhá. Lá está o velho Mbende agora velho de novo, segurando a cabra por uma cordinha. Sinhozinho corre para a sua cabra.

— Ah! Fujona, bem que tu merecias que eu te fizesse uns ciúmes, pondo-me a beijar os beiços de um cavalo qualquer de nossas cavalariças.

Eu, com muito gosto, mais Sinhá ficamos a ver em êxtase aqueles dois, Sinhozinho e sua cabra que partem na direção da floresta. Adivinho fácil que o destino de ambos é a gruta Xiguevengos. A gruta "Bandido", que não é lá muito cheirosa.

Dom Minézio retira do bolso o seu caderninho com monograma de ouro e que tem a cada duas páginas, intercalada, uma lâmina de ouro. Ele se põe a escrever furiosamente. É assim que o encontra o padre Xota, que acaba de chegar. Dom Minézio, triunfante, confidencia baixinho ao padre Xota, mas eu ouço: "Tenho como certo que a escrava Rosa Maria Egipcíaca da Vera Cruz é uma feiticeira."

Padre Xota o encara com severidade. Trava-lhe o braço. Adverte, também Dom Minézio, baixinho, de maneira que só eu tenho condições de ouvi-los:

— Sei, Dom Minézio, que você é espião dos Comissários.

Dom Minézio casquina um risinho de mofa:

— É verdade. Os espiões estão distribuídos pela Colônia, e é dever de todos denunciar aos Comissários qualquer alteração, por menor que seja.

Padre Xota fulmina Dom Minézio com um olhar de desprezo:

— Abomino os delatores. Muito bem, Dom Minézio, se você denunciar Rosa Maria Egipcíaca da Vera Cruz ao Santo Tribunal da Inquisição, eu farei o seguinte: enviarei uma carta secreta para Lisboa na primeira caravela que volte para a Europa com um relatório ao Santo Ofício da sua conduta. Pecados graves contra a moral e contra a nossa fé. Você sabe como a Inquisição castiga e persegue qualquer modalidade de delito. Seus bens vultosos, bens que você amealhou ilicitamente, serão seqüestrados e possivelmente você será degredado para as Áfricas, ou talvez, quem sabe?, tudo se resolva com a fogueira, tal é a importância dos crimes por você cometidos.

Dom Minézio se perturba. Padre Xota é implacável:

— Você, na Freguesia de São João Batista de Apodi, na Capitania do Rio Grande do Norte, próximo à fronteira com a Capitania do Ceará, é acusado de "não lhe escapar nenhuma mulher no ato da confissão. Você sempre solicita e obtém parceiragem para atos pecaminosos, desnudamento das partes pudendas, pequenos intervalos para pulsão, ou seja, a masturbação, e total e completa fornicação atrás do altar, à noite, com a igreja mal iluminada por poucas velas e candeias". Tenho o testemunho do sacristão. Você desonrou sete mulheres na Freguesia do Açu, e todas elas eu apresentarei como testemunhas. Chamam-se: Maria de Barros, solteira, que o acusa de tê-la mandado ir buscar o atestado de sua confissão quaresmal em sua casa, na rua dos Guardais, em vez de entregá-lo na própria igreja. Lá chegando a dita mulher ouviu de você próprio que para receber o atestado devia ela copular com você. Necessitada do atestado, manteve com Dom Minézio, além desse, outro encontro, pois você não entregou o atestado no primeiro encontro, mas sim na cópula que se seguiu, e que aconteceu na tribuna da Capela de Santana. As outras seis denunciantes desses crimes contra a moral são a crioula Rita que o acusa de tê-la possuído oito vezes, enquanto Lucrécia, da nação Angola, Joana, a mulata, Ana Maria, crioula, atestam terem sido "cantadas" e aceitaram, por coação, cometerem atos torpes, bailando nuas na igreja. Há também o caso de duas brancas que o denunciam: Teodósia, casada com um tal capitão Dias, que manteve comércio carnal por longo tempo com Dom Minézio e sempre foi obrigada a cometer atos contra a natureza, e uma jovem bem-nascida, descendente direta do primeiro comandante da Fortaleza dos Reis Magos, que no ato da confissão era beliscada nas mãos e nas pernas, além de outros apertamentos impudicos. Mais tarde, Dom Minézio enviou à dita moça bilhetes solicitantes. Mas o pior de tudo é o caso com a freira, enclausurada no convento das Carmelitas de São Paulo, e que o aponta, formalmente, por delito grave. Dom Minézio disse à freirinha que "prometia de a amar se fugisse com ele e o acompanhasse para a Turquia, pois lá também havia religião e viveriam ambos juntos e que ósculos e amplexos entre homem e mulher não são pecados, apenas imperfeição de vida."

"Como se vê, Dom Minézio, a serpente da tentação usa de insidioso discurso e boa lábia para iludir as pessoas virtuosas. A Divina Providência, contudo, foi mais forte, e a freirinha resistiu a apelos tão tentadores de tornar-se mulher de padre na terra dos turcos, onde a religião católica melquita e maronita autorizam tais casamentos.

"Recebi esta confissão da freirinha e solicitei, e fui atendido, que mantivesse segredo desses fatos tão maliciosos, pois se houvesse boa-fé, os atos, inclusive a cópula, não podiam ser considerados pecados.

"O segredo disso tudo foi mantido até agora. Será desmanchado em qualquer momento que eu determine.

"Tanta vitalidade da sua parte, Dom Minézio, acredito que se deva aos bons ares e qualidades das paróquias, onde exerceu ministério, e que são de ar fresco e salutífero e onde se bebe água de fontes perenes.

"Também lembro aqui que em Mossoró, o senhor, Dom Minézio, metia os dedos pelos buracos da grade do confessionário, tocando o rosto da jovem de importante família local. E não raras vezes, em vez do dedo, metia agulhas e espinhos de rosa, a fim de ferir os dedos dessa sua filha espiritual. Sem a menor dúvida, um pequeno ritual sadomasoquista que não poderá contar com o beneplácito dos teólogos do Santo Ofício.

"Não me esquecerei do seu pecado de 'Simonia', que é vender coisas sagradas. O senhor, Dom Minézio, vendeu por um saco de ouro e cem bois uma pequena bolsa com hóstias consagradas a José Antonio dos Reis para que ele a trouxesse sempre junto ao peito como patuá, a fim de ficar forrado para não entrar no corpo nem ferro nem chumbo e junto também uma oração forte como proteção contra a violência reinante nos sertões nordestinos, onde qualquer mortal está, é verdade, sujeito a levar uma facada ou uma bala, tanta é a impunidade dos crimes. Mas a Santa Madre Igreja considera tocar em hóstia consagrada grave sacrilégio, e quem a traz ou quem a concede arrisca-se a ser preso e enviado para os cárceres de Lisboa. A Igreja nunca autorizou tais atos de levar o corpo de Deus junto ao coração porque considera isso grave desrespeito ao Santíssimo Sacramento.

"Menciono o fato de o senhor sempre ter ameaçado as suas conquistas de não as absolver em confissão se não se entregassem imediatamente. Sórdido procedimento. Termino lembrando o caso da escura Ana Maria, mulher casada e grave. Deu-lhe vosmecê, depois de toda uma série de atos ilícitos, dinheiro para que abortasse, escondendo o fruto de seus amores. Para o senhor, Dom Minézio, melhor teria sido não abraçar a vida religiosa, pois não tem condições de cumprir o celibato. O mais acertado então teria sido seguir o conselho do apóstolo São Paulo: é melhor casar do que se abrasar.

A cabeça de Dom Minézio pende como uma flor murcha. O padre Xota toma-lhe o caderno. Cuidadosamente, destaca o monograma de ouro e as lâminas que separam folhas. Vê Ismael no salão e o chama. Este acode pressuroso. Padre Xota entrega-lhe todo o ouro.

— É seu. Dá para comprar sua alforria.

Atônito, Ismael beija a mão do padre Xota. Exclama:

— *Allah akbar*! (Deus é o maior) Louvores a Alá que encheu o vosso coração de boas intenções.

Ismael beija o chão e depois cumprimenta o padre Xota em versos:

— O coração está cheio de Beleza
pelo amor à Beleza se alcança a Perfeição
amor acima dos Desejos
livre de quanto atalhe os sentidos!
Abomino a quem ama de outra maneira.

Dom Minézio afasta-se de cabeça baixa. Padre Xota vai se encaminhando gravemente na direção de Sinhá. Uma escrava circula com uma bandeja de refrescos. Sinhá, cumprimentada cerimoniosamente por padre Xota, passa-lhe um lindo copo de cristal com um doirado suco de frutas. Eu sorrio para o velho Mbende.

— Então?

" A beleza que te segue desde a primeira idade
No declínio de teus dias não te quer deixar."

— Ah, Xirico, estes breves instantes de juventude que tu me deste.... esqueci neste curto sonho que estou velho, pavoroso, ignóbil, com a minha boca desguarnecida, buracos no lugar dos molares, nariz beijando o queixo, hálito fétido, pareço a imagem viva da morte.

— Tolice, velho Mbende. Tua vida não se fechou. Tens um Projeto. Trabalhas. Funcionas como "olhos de

Sinhá", vendo e percebendo tudo e a ela relatando. Não és ocioso. Trabalhas. Produzes. Que mais queres? Vê-se perfeitamente que empreendes uma boa luta sem trégua contra o tempo, servindo aos outros como agora o fizeste.

Sinhá convida:

— Fale, padre Xota.

— Senhora... tenho notícias boas e ... más.

— Primeiro as boas, padre Xota, para alegrar o coração.

— Em Arraial do Bom Jesus travou-se luta muito grande com os holandeses. Tínhamos reforços. Boa cópia de armas de guerra, e nossas emboscadas surtiram efeito contra esses piratas estrangeiros. Matias de Albuquerque, Dom Diogo Velho Cavalcanti de Albuquerque, André Vidal de Negreiros, Dom Antônio Felipe Camarão, Francisco Rebelo, Martim Soares Moreno e Henrique Dias foram os mais bravos. Rechaçamos os holandeses. Holanda não pode vencer em nossa terra. Se isso acontecesse, pelo menos duas seriam as conseqüências: primeiro, quebra-se a unidade da religião, o que traria guerras religiosas fatais e inevitáveis; segundo, exporia o Brasil ao atraso em que jazem as colônias neerlandesas, pois a Holanda é apenas um país essencialmente comercial e mercantil. Além disso, não se pode esquecer que eles, os holandeses, inauguram financiamentos perigosos, origem, no futuro, de tortuosas dívidas externas. Para produzir açúcar de que precisam os senhores de engenho? Terras eles têm garantidas pela concessão de capitanias hereditárias, cujos donatários fundam seus engenhos. De posse da terra, o que é que falta? Dinheiro. Onde o foram buscar? Em Antuérpia. Começamos então uma dinastia de uma dívida externa que encerra em seu bojo um demônio, um endividamento que não vai parar nunca. O que os holandeses querem é ser donos do próprio açúcar, em lugar de simplesmente financiar os senhores de engenho. Assim, nasce a Companhia das Índias Ocidentais, que financia esta guerra. Vão mandar um homem hábil chamado Maurício de Nassau para restaurar os engenhos que a guerra já destruiu e fortalecer seus negócios. Nassau sabe perfeitamente que precisa dominar no Brasil, porque os holandeses foram expulsos de sua privilegiada situação de mercadores dos artigos orientais na Europa. Os holandeses lutam porque sabem que o nosso açúcar é ouro. É uma fonte de riqueza imensa, que influi decididamente no futuro do capitalismo mundial.

"Nesta guerra com a Holanda, nós, os brasileiros, estamos assistindo a uma congregação de raças que vão formar, definitivamente, o povo brasileiro: branco, índio, negro, e caldeá-las, dando consciência de sua força e valor. Houve uma brincadeira, Senhora, entre os nossos, mas que infelizmente acabou mal.

"Conservava-se em pé sobre os muros da fortaleza do Arraial, atacada pelos holandeses, o capitão Manuel Godinho, homem de estatura meã e seco de carnes. Fazia fogo ao inimigo, mas, por ver o perigo em que se achava, disseram-lhe alguns dos nossos que se retirasse. 'Não é preciso', respondeu ele. 'Não pode haver destreza tão grande que acerte pontaria tão pequena.' E logo se riu e gracejou mais. Não demorou muito. Caiu vítima de uma bala inimiga.

Sinhá cobra:

— Há uma notícia má...

— Sim, minha Senhora. Uma notícia...

Senti-me mal. Um gosto ruim na boca. Um aperto no coração. Meu filhinho estremece no meu ventre. Que dor fina. O velho Mbende me ampara.

— Que foi, Xirico?

O padre Xota guarda silêncio. Eu digo:

— Já passou. — Tento gracejar com o velho Mbende. Sussurro em seu ouvido: — "O verdadeiro tesouro do homem é a verde juventude. O resto dos nossos anos não são mais que invernos."

O velho Mbende se anima:

— Não quero zombar da velhice, apenas interrogá-la. Um olhar direto sobre uma verdade que tantos tentam mascarar. Quero só a verdade. Ela não me enriqueceu. Meu espírito e meu corpo diminuíram mais do que aumentaram, e recuaram mais do que avançaram. É possível que aqueles que empregam bem o tempo cresçam. Contudo é certo que a vivacidade, a firmeza, a prontidão, partes tão essenciais e importantes, se fanam e se enfraquecem.

Sinhá insiste:

— Então?

Padre Xota abre os braços, comovido:

— Dom Diogo Velho Cavalcanti de Albuquerque... está morto. Um obus inimigo esfacelou-lhe a cabeça.

Seu corpo chega amanhã, à noite com certeza.

Balbucio:

— A criança vai nascer.

Sinhá parece uma estátua de pedra. Dá ordens secas.

— A criança que vai nascer será tratada com honras. É filho de Dom Diogo. Levem a mãe. O que vou fazer com ela ainda não sei. Quero tudo na maior correção para o filho de Dom Diogo. Bacia de prata para lavar o umbigo. Toalha de linho, metida em goma dura como um pau, e mais a saboneteira de louça francesa. Aparadeira de criança vestida com luxo. Cerimônia completa de enfaixamento, enfardelamento, entrouxamento da criaturinha. Vestido para ela de cambraia, bordado, renda, colocar a criança entre dois travesseiros. Escravo para tocar o sino. Nove badaladas se for menino; sete se for menina. No oratório da capela, quero rosas nas jarras. Mandaremos depois bilhetes de "Dar parte" aos nossos amigos dos engenhos próximos.

Fico encantada com os cuidados de Sinhá. Sou aparada, carregada. Estou na suíte de Sinhô. Ao meu lado a aparadeira de meninos me jura que a criança vai nascer sob o mais amável dos horóscopos. Se for uma menina, o signo promete os melhores tesouros que Eva pode esperar sobre a face da terra. Se for menino será com certeza um almirante dos mares. Um novo Cristóvão Colombo, e se apossará da curta e dura espada do Poder. Contará histórias de temporais, constelações inteiramente desconhecidas, barcos abandonados à deriva, e descobrirá novas terras ainda mais belas, e as mais estonteantes mulheres disputarão seu amor. O

Demônio dele não se aproximará, não será ameaçado pelas bestas infernais, e nunca debaixo de sua cama dormirá qualquer bicho extravagante envolto em névoa.

Fecho os meus olhos. Tranqüila e docemente a criança nasce. A aparadeira de meninos até se espanta. Bate de leve nas costinhas do meu filhinho, ou seria uma filhinha? Na segunda batida hesita. Eu a interrogo:

— Um menino?

Ela vagarosamente coloca a criança nos meus braços. Procuro meu seio ... Examino o meu filhinho ... é um menino ... e... está morto.

A aparadeira de meninos, desolada, foge. Ouço uma voz bem conhecida. É Xipoco-Xipocué. Seus olhos duros e opacos dispensam qualquer brilho humano.

Pressinto tempestade...

Xipoco-Xipocué ameaça:

— Você! Idiota, filha da puta! Se fosses um homem eu te mandava fritar os colhões! Já que andas metida com os cristãos passo a citar uma passagem do Apocalipse secreto de Paulo, o Apóstolo: Foi guiado pelas vias do poente para um lugar onde só havia trevas, dor e tristeza.

Eu, estranhamente, não me sinto ofendida. Tudo, tudo que eu vivi até agora e sobretudo a morte do meu filhinho me parecia um rigoroso ritual de ingresso em algum cárcere ou em um extravagante cemitério.

Acho graça inexpressiva de Xipoco-Xipocué. Lembra uma abóbora. Ela continua:

— O que mereces? Baldes de água gelada com energia no teu corpo inteiramente nu. Depois? Cinzas e desinfetantes. Esterco de porco, teu procedimento é inqualificável.

Agora, sim. Alguma coisa assustadora vem por aí. Um ataque venenoso? Um vexame?

Xipoco-Xipocué grita:

— Tua contribuição é definitiva para a crônica de manifestação sádica contra a pessoa humana. Para a História das Perversidades nesta terra. Aqui se tortura, explora, mata. Conheces a situação do povo. Mas sempre é bom refrescar tua memória. Há criancinhas mortas no ventre das mães, ou esborrachadas ao nascer, pisoteadas no chão. Para alguns senhores de engenho, vizinhos deste, a natalidade representa um aspecto antieconômico para o regime escravista. Está-se a escrever uma das piores páginas da humanidade. Terrível página. Infâmia contra a dignidade humana. Crimes nefandos. Ao chegarem, os negros, doentes de escorbuto, o mal de Luanda, e os tuberculosos, quase sempre crianças de seis, dez, onze anos, são jogados vivos dentro de tonéis, ao mar. E o ritmo sádico da chibata? O tronco? O bacalhau. Tira de couro cru de três palmos ou pouco mais de comprimento e de dois dedos de largura. Fendida ao meio longitudinalmente, mas sem separar as duas talas e nem em uma e nem em outra extremidade. Amolentada em água, torcida, estirada em uma tábua, por meio de pregos, e posta a secar. Bem endurecido o couro, adapta-se um cabo a uma das extremidades, corta-se a outra, espontam-se as duas pernas com a faca e pronto. Pronto para lanhar, sangrar o negro. Como é que se compra um escravo no mercado? Apalpam-se os seios das mulheres. Escancaram-se os genitais para avaliação de sua qualidade como objeto sexual. Nunca se pagou a esse estupendo trabalhador, o negro escravo, um salário. O que é que o senhor de engenho diz? "Os escravos são minhas mãos e meus pés, sem eles não é possível fazer, conservar, aumentar fazenda, nem ter engenho corrente."

Aparteio timidamente:

— Sim. Dom Diogo Velho Cavalcanti de Albuquerque sempre disse isso.

Xipoco-Xipocué parece rouca de tanto gritar. Não esmorece.

— Exploração definitiva do povo escravo. O que vivem eles? Sete anos, duração média, depois que são capturados. Bestas de carga. Sem cuidados. Ah! conheces o destino dos filhinhos das escravas.

Eu protesto:

— Não aqui. Não no engenho de Dom Diogo Velho Cavalcanti de Albuquerque, meu Sinhô.

Xipoco-Xipocué ignora o meu aparte.

— Permite-se que uma escrava tenha o seu filhinho? Sobretudo nos períodos em que o preço dos escravos está em baixa? O recém-nascido é morto. Enterrado vivo na maioria dos casos.

Grito:

— Não aqui. Não no engenho de Dom Diogo Velho Cavalcante de Albuquerque, meu Sinhô. Pode acontecer em outros engenhos. Quitéria e Zeferina esperavam crias. Tinham pensado em enfiar ervas e raízes pela vagina para expelir o feto porque preferiam matá-los a vê-los pisoteados por seus algozes. Velho Mbende me contou. Velho Mbende sabe tudo. Ele é "os olhos de Sinhá". Vê tudo.

Xipoco se concede uma pausa.

— E depois?

— Iriam amamentar os filhos de Sinhazinha do engenho de Dom Cristiano, proprietário de Quitéria e Zeferina. Fique sabendo que eu pedi a Sinhô, e ele concordou em comprar Quitéria e Zeferina. Nessa ocasião Dom Diogo me contou, e até muito cismarento, que Dom Cristiano pronunciara as seguintes palavras: "Ando na maré de má sorte. Meu melhor escravo afogou-se no rio. Negro bom. Eu gastava pouco em comida para ele. Negro ótimo. Trabalhava doze horas por dia. Depois ia amassar barro na olaria até meia noite. Com a morte dele, perco meu capital e ainda me amolo, gastando meu tempo bobamente, mandando enterrar o corpo desse escravo."

Fez um preço alto. Dom Diogo pagou.

Xipoco-Xipocué ignora minhas palavras.

— E as escravas meninotas de doze e treze anos, limpinhas, entregues a rapazes brancos, podres de sífilis? Cinismo. Acredita-se no Brasil que para o sifilítico não há melhor depurativo que uma negrinha virgem. Como é que eles curam a blenorragia? Inoculando o vírus numa mulher púbere. E os outros abusos? Obrigar jovens escravos a trabalhar como bestas de carga, carregando gente em palanquins? E reduzindo com esse vil trabalho sua vida útil? Negras de ganho? Prostituição de escravas rendendo em favor de seus proprietários. Com certeza não o sabes, mas mais tarde, bem mais tarde, vai haver uma guerra importante neste país. Uma guerra entre o Brasil e uma nação chamada Paraguai, e que vai servir para matar negro. Infeliz povo escravo. Esmaga-se, tritura-se, tinge-se o chão com o sangue deles. Os batalhões serão constituídos por negros. Os batalhões que vão na frente. Os brancos com entrada triunfal só vêm no fim, quando tudo está aplainado. Estúpida guerra contra uma nação que não tinha dívida externa, que não mendigava empréstimos, que não importava coisa alguma para o seu consumo. Mas... quem agüentou essa guerra do lado desta nação? O negro, bucha de canhão, morrendo de cólera, a doença do grande chaco.

Sinto-me exausta. Imploro:

— Xipoco-Xipocué a quem vem tudo isto? Poupa-me, acabo de perder o meu filhinho tão amado. Mas o que é que eu fiz? De que crime você me acusa? Por que diz que o meu procedimento é inqualificável?

Xipoco-Xipocué parece-me menos furiosa depois de todo esse discurso sem propósito para mim.

Pergunto:

— Xipoco-Xipocué, tenho saudades de Dom Diogo Velho Cavalcanti de Albuquerque.

Xipoco é desdenhosa:

— A escravidão deturpa. Não tens consciência da tua situação.

— Xipoco-Xipocué, o que é procedimento inqualificável? Xipoco-Xipocué, o que é que eu fiz?

— Não me verás mais. Não me agrada a tua amizade com o padre Xota. Por que derrota ele a mais bela lei do mundo: o amor do homem pela mulher? O amor... Igualmente não gostei daquelas tuas conversas íntimas com a Santa Rosa Maria Egipcíaca da Vera Cruz no sono, pelos caminhos do sonho. Rompidos estão os nossos laços, Rosa Maria Egipcíaca da Vera Cruz, ou seja, Xirico, neta da rainha Derumo do Benim. Arranja-te com o Deus dos cristãos, se puderes.

Insisto:

— O que foi que eu fiz? Mereço uma explicação.

— O que fizeste? Então, o que é isso?

— Por que meu procedimento é inqualificável?

Xipoco-Xipocué me olha com desprezo:

— Que fizeste do maravilhoso dom que recebeste? Tua avó, a rainha Derumo, desmaiaria de vergonha com o teu procedimento. Derumo, tão sábia e correta, que nas viagens de Nowa se colocava na proa do barco e ensinava os marinheiros a evitar rochedos e bancos de areia, que conhecia os canais dos rios, variações, marés, e dessa maneira com bondade tornava seguras as viagens do grande obá do Benim.

Com raiva, pergunto mais uma vez:

— O que foi que eu fiz?

— Entregaste a pobrezinha da cabra, que se encontrava tão feliz e protegida no acampamento do Quilombo dos Palmares, à sanha, à lascívia insuportável de um depravado, de um degenerado: Sinhozinho André Leopoldo Afonso Fernando, filho de Sinhá e de Sinhô.

De repente perco os sentidos.

DE COMO ROSA MARIA EGIPCÍACA DA VERA CRUZ EMPREENDE UMA LONGA VIAGEM POR LÉGUAS E LÉGUAS DE TERRAS, ONDE SOPRAM VENTOS ÚMIDOS E FRIOS, INFESTADA POR DESCONHECIDOS ANIMAIS SELVAGENS, E ONDE ÍNDIOS VAGANTES MATAM COM SINGULAR SELVAGERIA. DE COMO ROSA MARIA EGIPCÍACA DA VERA CRUZ DECIDE FAZER, OU MELHOR, É LEVADA A ESSA DECISÃO DE FAZER LONGO POUSO EM UMA DAS CIDADES MAIS FAMOSAS DA NÃO MENOS FAMOSA CAPITANIA DAS MINAS GERAIS, CONSIDERADA A CAPITAL DO OURO

Acordo. Quanto tempo dormi? Eu não sei. Estranho o lugar onde me encontro. É a senzala maior. Eu, Rosa Maria Egipcíaca da Vera Cruz, na senzala? Sim. Estou na senzala como qualquer escrava do rebanho de Sinhá. Deitada em modesto catre. Contudo, tenho alegria. Amigos ao meu lado. Ajoelhado, ao alcance da minha mão, eis Diop, um jovem escravo adolescente de extraordinária beleza de rosto. Era chamado no Benim por algumas mulheres de Diop, o idiota, porque jamais matara um animal, por menor que fosse. Uma barata, por exemplo, uma mosca ou um mosquito. Em pé está Moussa, alto, excessivamente magro, que sempre andava atrás de meu pai, o príncipe Ginuwa, discutindo com ele altos assuntos de política e governo de povos. Moussa, que sempre levanta com altivez e resignado a sua fronte, embora gostasse de crianças, distribuía habitualmente mais bofetadas do que carícias aos meninos e meninas, para o seu bem, em nome da sua educação. Ao lado de Moussa estão Quitéria e Zeferina, cada uma com a sua filhinha, bem como o padre Xota e o velho Mbende. Mais afastado, resmungando alguma coisa, provavelmente orações, vejo Ismael que já não é mais escravo.

Exclamo:

— Ter amigos, ah! como isso é doce ao coração.

Procuro Sange e seu filhinho. Onde estão Sange e o seu filhinho? Quitéria e Zeferina cantam para mim:

Khalé ba démone
Guédjou Danyane
Khol ba n'gué é é é
Kou mâ yéné?
Khol ba n'gué é é é
Kou mâ yéné?
(da criança que foi

ao mar de Danyane
aqui está o coração
quem me ajuda?
aqui está o coração
quem me ajuda?)

Zeferina me conta o seu último sonho:

— Eu tinha na minha barriga um menino e ele me dizia com uma vozinha fina: "Mãe, eu quero nascer!", e eu respondia: "Como podes se não completaste o tempo? Deixa-me descansar que o trabalho foi rude nos campos e eu estou muito cansada. Colhi tanto milho, tanto feijão." Mas a criança se movia no meu ventre e insistia: "Mãe, eu quero nascer." E eu respondia: "Mas não podes nascer, ainda não chegou a tua hora." "Pois bem", retrucou a criança, que se movia demais no meu ventre: "Eu saio sozinha, eu corto o cordão umbilical, eu me lavo sozinha e você vai gritar, atrair as outras mulheres, que cercarão o seu catre surpreendidas, e então eu direi:

Mâye Estrela — *Djoudou bigg*! E começo a crescer diante delas, na direção do céu, e continuo a falar, apesar de todo o seu espanto:

Magg n'déyam!
Magg bayam!
Mass ak ai rakam
ya djoudô goul!
(eu sou a estrela, nascido na noite passada
mais velho que a mãe

mais velho que o pai
e da mesma idade que os irmãos mais novos
ainda por nascer!)

Diop, o louco, que é tão bonito e tem a pele tão macia quanto a de uma moça, acaricia minha mão com doçura:

— Pois é, Xirico, a Mãe e o Pai tinham sete filhos que choravam o dia inteiro: "Oh! meu pai, eu quero comer! Oh! minha mãe, eu quero comer!" E a mãe dizia: "Ah, meus filhos, eu lhes dou de comer e nunca chega..." Parece que os sete choramingaram, pelo que a mãe ralhou com eles: "Vocês são gulosos!" E eles, puxando a saia da mãe, declararam: "Então, minha mãe, não nos quer dar de comer?" A mãe foi buscar meia porção de mingau, boiando numa caçamba grande, e lhes deu: "Aqui está para vocês comerem." Os sete filhos protestaram, viram logo que ia dar muito pouco para cada um. "Isso não chega para nós." Mas assim eles comeram. Cada um só um pedacinho, que foi só o que deu para cada um. Quando acabaram de comer o mais velho disse aos seus irmãozinhos: "Vamos já para o céu, para ser estrelas." Pegaram-se então por baixo dos braços, dançaram, cantando, dançando, foram subindo e se foram embora. A mãe olhou para eles e gritou: "Ah! meus filhos! Para onde vocês vão? Aqui está a comida para vocês." Eles responderam: "É inútil, minha mãe, deixe ficar! Nós vamos indo para o céu, para sermos estrelas." E sempre dançando, foram dando voltas, que nem urubu, e foram subindo até chegar ao céu. Lá eles viraram o Sete Estrelo, um lindo grupo de estrelas, brilhando no eterno azul, muito mais do que qualquer vela.

Compreendo logo aonde é que esses bons amigos querem chegar.

— Vocês estão me dizendo que o meu filhinho virou Estrela? Toda noite, vou admirá-lo, brilhando no céu.

Sinto-me confortada. Moussa funga e com a palma da mão enxuga sua lágrima. Padre Xota me abençoa.

— Seu filhinho, Rosa Maria Egipcíaca da Vera Cruz, foi enterrado, como membro da família de Dom Diogo Velho Cavalcanti de Albuquerque, como é de costume, na capela do engenho, toda iluminada com grandes gastos de cera, choro das senhoras e gritos de dor de muitos escravos. A ele foi dado o nome de Henrique Dias Velho Cavalcanti de Albuquerque, em honra do guerrilheiro, agora fidalgo do Reino por mando de El-Rei, Dom Henrique Dias. Breve nos veremos, Rosa Maria Egipcíaca da Vera Cruz.

O padre Xota sai. Eu pergunto a todos:

— E Sinhô?

— Eu, velho Mbende, conto o que sei: ele foi enterrado. Veio gente de todo lado. O pátio da casa-grande ficou coalhado de carruagens, seges, liteiras, redes, boi, cavalo, banguê.

Zeferina interrompe:

— Um esfregar de sedas de vestidos. Dona Ana Pais, a famosa Dona Ana, veio numa rede de bordados coloridos, fazendo lindos desenhos. Usava armação de arame, bojuda, folgada com umas cinco ou seis saias por cima, e depois um precioso vestido de cetim negro.

Moussa também dá o seu recado:

— Ouvi um dizer: essas roupas pesadas, imitação da Europa, só servem para me dar hemorróidas. Ai, esse gibão de brocado, esse quente chapéu de feltro. E essa enorme espada me atrapalhando a vida. Sedas, damascos, veludos, essas liteiras com essas cortinas grossas, tudo isso é uma idiotice. Somos uma nação, que mania de imitar essas gentes de além-mar com outro clima e frio de arrepiar. Índio é que tem razão. Bom era a gente andar nu. Pelo menos não sentia calor.

O velho Mbende continua:

— Dom André Vidal de Negreiros representou o governador Matias de Albuquerque Maranhão.

O jovem Diop também fala:

— Eu, a mando de Sinhá, tive que ficar olhando bem Dona Ana Pais para copiar-lhe fielmente o penteado, e depois fazer um igualzinho em Sinhá. Consegui. Sinhá, contente, já está desfilando com o seu novo penteado, e...

O velho Mbende interrompe:

— Você nem imagina, Rosa Maria Egipcíaca da Vera Cruz, o que Sinhá, depois do enterro, ofereceu aos seus convidados: comeu-se copiosamente porcos inteiros, vitelas inteiras, em decorações de folhagens, frutos, flores. Largos perus, e só faltava fazer gluglu, arrumados em camas de alface e agrião, bacalhau com batatas, caldos verdes, tripas à moda do Porto, arroz com camarão que é muito da predileção de Sinhá, e as famosas olhas, que se preparam aqui de acordo com a receita de Sinhá: na panela a cozinhar um pedaço de vaca bem gorda, uma galinha, uma perdiz, um coelho, uma lebre, um pedaço de larcão, chouriços, lingüiça e lombo suíno, tudo misturado com nabos, três cabeças de alhos dos grandes, três dúzias de castanhas, sal, cheiros. Não esquecer uma pitada de açúcar, canela e manteiga. O faro era transbordante. Quando se destamparam os sopeirões nas mesas com as olhas, os fidalgos e fidalgas dilataram suas narinas de prazer. Contorceram-se de volúpia. Até as moscas pareciam dançar de alegria. Nem falo dos peixes que se serviram com seus molhos correspondentes. Sinhá, como você sabe, tem na sua cozinha os temperos mais exóticos vindos de todas as partes do mundo. Sinhô sempre foi exigente. E tome noz-moscada, pixerril, gengibre, tomilho, alecrim, culi, alcaparra, alfavaca e nem sei mais o quê. Saíram das arcas todas as baixelas do ouro e prata e as toalhas maravilhosas, vestindo totalmente as mesas e tocando o chão como saia de mulheres. Usaram-se guardanapos de linho, imaculadamente brancos e com os monogramas bordados de Sinhá e Sinhô. E todos, como manda a alta cortesia, cortaram no próprio prato um pedaço de carne e, como sinal de amabilidade, ofereceram esse pedaço de carne a um companheiro de mesa. Um montão de escravos, muito bem-vestidos, de banho tomado, armados de palmas largas, ou de espanadores de papel, fizeram a tarefa de espantar as moscas atraídas pelo bom cheiro de tão excelente comida. Nem falo dos doces e das bebidas, orgia de maravilhas. Uma noitada e tanto.

Pergunto:

— Como vai Sinhá?

E o jovem Diop, em quem um terno buço começa já a sombrear o rosto, dando duplo valor a seus encantos, se encarrega da resposta:

— Ficou mais disposta depois da morte de Sinhô. Eu a penteio pela manhã, refaço para o almoço e novamente faço tudo de novo para a noite. Seus braços nacarados e seu pescoço de galgo se anunciam mais gentis, e como Sinhá, agora, se dedica às orações! Passa horas e horas a fio trancada na capela com Dom Minézio, este dirigindo seus exercícios espirituais e animando-a nas coisas da religião. Ninguém pode entrar na capela. Guardam-na três negros de confiança de Sinhá. Só sei que, quando a porta da capela se abre, Sinhá se encharca de água benta.

Digo com muita educação:

— Vocês têm as suas obrigações. Voltem a elas.

Diop me brinda com alguns versos, pois ele sabe que eu gosto muito de poesia:

"As águas do rio sobem
E vem a inundação
Sobre as terras baixas
Sobre as terras rumo ao mar"

O velho Mbende como o padre Xota, anuncia que me verá breve.

— Ai, a velhice faz com que a gente se despeça da vida não só com conformidade, mas alguma vez com alvoroço.

As meninas de Zeferina e Quitéria me jogam beijinhos. Todos saem, exceto Ismael, que já não é mais escravo.

Ismael se aproxima e me beija na testa, docemente.

— Parto agora. Na cidade do Recife embarco numa caravela para Lisboa. Sou um homem livre. Terei saudades tuas e dos passarinhos. Daqueles que, para que as cobras lhes não entrem nos ninhos a comer-lhes os ovos e filhinhos, os fazem pendurados nos ramos das árvores de quatro a cinco palmos de comprido muito intrincado, e composto de tantos pauzinhos secos que se pode com eles até cozer uma panela de carne.

"De Lisboa outro barco. O Mediterrâneo. Desembarco em Alexandria, a cidade dos quatro mil banhos, quatro mil circos, quatro mil jardins. Dali sigo para o Cairo. Entrar numa mesquita. Silenciosa. Fresca. Meus pés nus sobre o mosaico polido. Água pura da fonte. Aspergi-la no meu rosto. A água da bacia de mármore. Ajoelhar no tapete. As pombas por ali batendo as asas. Ouvir a melopéia dos imãs. Tudo isso! As tendas! Vou ver o sítio onde se erguia a tenda de meu pai. Existirá ainda a sua tenda? Meu pai vendia de um tudo. Diamantes e rubis, colares, pentes incrustados de pedrarias, ovos de avestruz, velhas pedras de sepultura, punhais antigos, tiaras que pertenceram a califas, pedaços de tela em que se embrulham múmias, cabeças de Osíris, peles de animais, café turco e narguilé persa. O fumo que adormece o espírito e que dissipa a energia, a vontade que nos leva a uma sonolência doce, o *kiéf*, desmaio vivo que torna a vida passiva, quase vegetal, ou que nos leva a pensar só por imagens ou formas.

Tayb, tayb (bom, bom) ah! Eu te enviarei quatro pérolas magníficas do mar Vermelho.

As la illah il'Allah (o único Deus é o nosso). O Cristo é um grande profeta, mas veio antes de Maomé. Maomé aperfeiçoou a doutrina de Jesus, ele só traçou o grande esboço.

"Amei ternamente meu pai, até que a Separadora inevitável o apartou de mim. Em sua tenda ou em sua casa de moradia, mesmo o estrangeiro era recebido sempre com honra e calor humano e a acolhida generosa de meu pai contentava-lhe o espírito.

"Evoco o nome de Alá. Bendito seja ele também porque permitiu que o meu destino cruzasse com o teu, Rosa Maria Egipcíaca da Vera Cruz.

Sinto-me muito melhor. Sinto-me bem. Levanto-me do meu pequeno catre. Atiro-me nos braços de Ismael. Ele lança um suspiro e põe-se a chorar. Eu fico sem saber o que se passa comigo. Meus lábios e minha face ardem como fogo e queimam-me como carvões acessos. O que será?

Um alegre rumor, seriam pássaros irrequietos e felizes, em revoada especial, invade a senzala. Entram os dois amigos de Sinhô: O Amigo Principal nº 1 e o Amigo Principal nº 2.

Separo-me de Ismael. Ele me cumprimenta com alta cerimônia:

— Adeus, Xirico, princesa do Benim.

Ismael curva-se diante dos amigos de Sinhô e eles retribuem os cumprimentos com muita amizade. Ismael sai.

Os dois Amigos Principais falam ao mesmo tempo. As palavras se cruzam, se chocam. Fico sem entender nada. Peço ordem. Fala o Amigo Principal nº 2 com um terno sorriso em sua boa face.

— Nós te saudamos, Dona Rosa Maria. Estamos muito felizes, Dona Rosa Maria, com os últimos acontecimentos. Abriu-se o testamento de Sinhô. Nunca se deve mesmo estranhar nada, quando se trata de humanos. Há muito boas notícias, Senhora Dona Rosa Maria. Vosmecê é doravante de fino trato. Tem estado e qualidade. Pode tratar de igual para igual com os grandes deste Reino. Vai ter cadeirinha, sege ou liteira, tudo como lhe aprouver. Pode ir ao teatro no Rio de Janeiro, ouvir peças de Metastasio por uma companhia estrangeira.

O Amigo nº 1 pede a palavra:

— Deixe-me falar. Sinto muito, Dona Rosa Maria, a perda do seu filhinho. Seria meu? Dele? Ou de Dom Diogo? Um mistério a resolver. Mas fica melhor passando por filho de Dom Diogo. Dá-lhe vantagens, senhora Dona Rosa Maria. Tudo de acordo com o seu mérito. Mas lamento muito a morte da criancinha. Questionei a Aparadeira de Meninos sobre a criança. Ela me disse que o nosso filhinho, meu, dele, de Dom Diogo, o seu, ai que me perco... Não houve parto bom, já que o certo é vir a criança de cabeça para baixo, com os olhos voltados para as costas da mãe. Debalde a Aparadeira rezou:

"Deus seja desta morada,
Deus e o Gabriel,
Que é o dono desta espada..."

"E ela como se faz sempre dependurou uma espada nua, à cabeça do seu leito, para afugentar os maus espíritos.

Digo friamente: E não me lembro de espada nenhuma.

O Amigo Principal nº 2 propõe:

— Vamos é sair daqui que a senzala não é mais lugar para Dona Rosa Maria.

Eu de repente fico pensando se na religião de Ismael haveria padres Xota. Loucos, desesperados com as tentações de sua carne, usando um cinturão de espinhos ferozes, se cravando em seus rins, para castigar seu torturado corpo. Fico imaginando um homem passando, quase correndo, de cabelos brancos, despenteados, com um barrete de feltro, vestido com uma túnica que o vento enche, tornando-a uma espécie de balão. O homem tem sim o mesmo olhar do padre Xota: resolvido, exausto. Eu me pergunto se eu saberia viajar no dorso de um camelo.

Qual, a religião de Ismael é uma religião ajuizada. No céu se prometem aos homens a Noite das Possibilidades da Onipotência, e o homem piedoso vê realizarem-se seus maiores desejos. Seu zib torna-se magnífico ao extremo e ele com a sua ferramenta, falando eloqüentemente, debaixo de sua roupa, possui as mais belas huris, as mulheres mais deslumbrantes do paraíso de Maomé.

O Amigo Principal nº 1 toca gentilmente no meu braço:

— Dona Rosa Maria, dona Rosa Maria...

Peço:

— Chamem-me apenas de Rosa Maria Egipcíaca da Vera Cruz.

O Amigo Principal nº 2 explica:

— Você, Rosa Maria Egipcíaca da Vera Cruz, tem agora o direito de se instalar na suíte dos hóspedes. Será um tempo breve. Brevíssimo.

Fico muito espantada. Então serei hóspede neste engenho?

Depois, me recomponho. Pergunto friamente pelo testamento de Dom Diogo Velho Cavalcanti de Albuquerque.

O Amigo Principal nº 1 me esclarece:

— Não foi tão generoso como Dom Jerônimo de Albuquerque Maranhão, senhor da Casa de Cunhaú e que ao morrer alforriou todos os seus escravos, sem faltar um só, e ainda por cima, com muito bom senso, deixou a cada um seu bom pedaço de terra para que eles, cultivando-as, ganhassem o seu sustento. É verdade que Dom Jerônimo tinha terra que não acabava mais. Todo mundo sabe que, após ter Dom Jerônimo expulsado os piratas franceses do Maranhão, e que aqui pretendiam fundar uma nação francesa, como fizeram com a Guiana, ele, Dom Jerônimo, recebeu de El-Rei vastíssimas terras de presente, praticamente o Rio Grande do Norte inteiro.

O Amigo Principal nº 1, ansioso, continua:

— A herança que lhe deixa Dom Diogo Velho Cavalcanti de Albuquerque é muito boa, assaz considerável.

Mas o Amigo Principal nº 2 não gostou que lhe fosse cortada a palavra e atropela o Amigo Principal nº 1 com o seu pedido:

— Não, não interfira, quero falar sobre o testamento.

Contudo, quem interfere sou eu:

— Por que devo ocupar a suíte de hóspedes só um breve, brevíssimo tempo?

O Amigo Principal nº 2 é cortês:

— A senhora, Dona Rosa Maria, vai viajar imediatamente. Sinhô teme a cólera de Sinhá. Mas vamos por ordem. O testamento de Dom Diogo Velho Cavalcanti de Albuquerque foi aberto no grande salão da casa-grande. Sinhá, de grande gala, sentada no sofá de jacarandá com decoração de cajus e maracujás. Vestiu moda de França. Saia montada em armação de arame trançado, roçando o solo. Muito bem penteada.

Fico logo imaginando: escolheu bem. Esse tipo de saia é uma espécie de proteção para aquela sua anatomia tão desastrada.

O Amigo Principal nº 1 pondera:

— Tem uma coisa. A gravidade do momento não pedia que Sinhá ostentasse um corpete tão justo. Indiscreta e escandalosa abertura no decote, indignando os presentes. Desse jeito com certeza podia-se conjeturar que ela talvez resolvesse pendurar jóias aos bicos dos seios, de tal sorte era vasto o decote e insolentemente disposto a descobrir-lhe o busto. Dom Minézio ficou tão indignado, tão cheio de zelo, quase que eu diria de ciúme, que lhe atirou um vasto lenço no colo, dizendo-lhe asperamente: "Senhora, resguardai-vos em nome dos bons costumes que sempre se guardaram muito bem nesta casa."

O Amigo Principal nº 1 assevera:

— Eu, pessoalmente, achei o seu traje de um ridículo atroz. Sobretudo aquele penacho amarelo, gema de ovo, alto como um coqueiro, entre os seus cabelos. A seda do vestido, verde-periquito, era um acinte com aquele cinturão vermelho da China. Uma arara perfeita.

O Amigo Principal nº 1 definitivamente se decide:

— Ao Testamento. O que lá está:

"Preocupado com a paz da minha alma de grande pecador, eu peço à Virgem Nossa Senhora, e a todos os Santos e Santas da Corte Celeste, que quando a minha alma do meu corpo sair a queiram apresentar diante da Majestade Divina. Ao Senhor Provedor e Irmãos da Misericórdia, peço que acompanhem meu corpo à capela do meu engenho, onde tenho sepultura. Determino as várias maneiras de ser dividido o que possuo..."

O Amigo Principal nº 2 interfere:

— Que se fale somente daquilo que interessa à Dona Rosa Maria.

O Amigo Principal nº 1 concorda:

— "Alforrio pela amizade que me dedicou bem como pelos leais serviços que me prestou a escrava de nome africano Xirico e que depois de batizada na capela do meu engenho tomou o nome de Rosa Maria Egipcíaca da Vera Cruz. Passo-lhe a legítima propriedade de quatro escravos e de três mulheres, à sua escolha; deixo-lhe em herança a mina de ouro que possuo nas imediações da cidade de Vila-Rica e conhecida pelo nome de Mina de São Bernardino, e três sacos de moedas para suas despesas de instalação, na cidade de Vila-Rica. Rosa Maria Egipcíaca da Vera Cruz deverá deixar o engenho, onde se encontra, imediatamente, e partir para o seu novo destino. Quanto ao filho que ela tem na barriga e que reconheço como meu, homem ou mulher terá a melhor e mais fina educação nas cortes portuguesas, devendo ser entregue à tutela de meu irmão, que se encontra no Reino e cuja esposa, grande dama, senhora de altas virtudes, saberá porfiar para que ele ou ela, filho ou filha, tenha o melhor destino. Dona Rosa Maria Egipcíaca da Vera Cruz será acompanhada em sua viagem para a Capitania das Minas Gerais pelo padre Xota, que tem grande conhecimento de todos os caminhos e que a levará sã e salva a Vila-Rica. Padre Xota já tem minhas instruções para essa viagem e tomará, não a estrada principal, mas desvio por causa do inimigo holandês que se acoita já em nosso interior e também por causa de outros perigos como o bandido, o Quibungo de nome Cabeleira que assola o sertão." Ao terminar a leitura desse trecho do testamento, Sinhá pinçou os lábios e declarou com muita malevolência: "Uma grande dispersão de dinheiro, em prejuízo da perpetuidade e coesão patriarcal dos bens nas mãos dos filhos legítimos."

O Amigo Principal nº 1 adianta:

— O negro Teodoro, que você, Rosa Maria Egipcíaca da Vera Cruz, chama de Quizumba, Grande Hiena, foi também alforriado, considerando-se os excelentes serviços que ele vem prestando, organizando de maneira eficiente a defesa deste engenho que não foi atacado pelos holandeses, pois eles temeram a destreza militar desse guerrilheiro. Houve outras alforrias. A das escravas que deram mais de vinte crias, e que segundo Dom Diogo merecem toda consideração os seus ventres geradores.

Os Dois Amigos Principais me convidam:

— Vamos, vamos. A senzala não é mais lugar para Dona Rosa Maria. Venha ver os bonitos presentes que nós trouxemos para a senhora. Dois burros fortes carregados com provisões de boca e armas de defesa e cavalos da melhor qualidade para Dona Rosa Maria e sua comitiva. Há um burro especial, só para levar as roupas bonitas, sapatos, jóias, plumas, capas de frio, duas cabeleiras, uma de cachos e outra em largos bandós e frascos. O primeiro é de essência de bergamota, e o outro é de âmbar. É aquele giroflet de Florença, no momento o mais preferido na Europa.

O Amigo Principal nº 2 faz uma declaração:

— Ah, Rosa Maria Egipcíaca da Vera Cruz, eu lhe sou tão grato. Ao seu lado, eu sempre me esquecia que a Morte existe, que eu caminho para a finitude, quer queira ou não, e lhe agradeço comovido porque junto de você a angústia raramente me assaltava, e sobretudo o pior medo que é o medo de viver não se apresentava, não me atormentava, não me esmagava.

O Amigo Principal nº 1 apenas exclama:

— Ora, ora.

Peço:

— Preciso de algumas cartas de alforria.

Ambos meneiam gravemente suas cabeças:

— Sem problema. Consegue-se rápido.

Deixamos a senzala. Caminhamos algum tempo em silêncio. Súbito, eis na minha frente: Quizumba, a Grande Hiena, general dos exércitos de meu avô, Nowa, o obá do Benim. Ele me saúda:

— Ah! filha do príncipe Ginuwa e da linda Oyeomosan, eu já não sou mais um xibalo (escravo). Kulucumba, a Venerável Entidade Superior, se apiedou de mim.

Pergunto:

— Que vais fazer?

— Fico por aqui. Não me perseguem mais as saudades do Benim. Sou forte ainda e já me engajei na obra de construir esta nação, ou pelo menos lançar-lhe robustos alicerces. É terra de exuberantes riquezas, mas há povos rapineiros de além-mar com o olho nelas e sob os mais diferentes motivos, ecologia, ou coisas que tais lançam garras afiadas, venenosas sobre elas.

Nós nos abraçamos demoradamente. Súbito, o grande general se agasta:

— Não posso ser tão fraco assim. O *digba*! (adeus).

De seus olhos correm duas lágrimas grossas.

Continuo meu caminho. O Amigo Principal nº 1 me explica:

— Todos querem chegar às Minas. Há uma grande febre de ouro. Tenho para mim que o açúcar já navega em plena crise. O ouro brasileiro alcança metade da produção de todo ouro produzido no resto do mundo. A senhora Dona Rosa Maria herda uma das melhores minas da Capitania de Minas Gerais.

O Amigo Principal nº 2 coça a orelha direita com muita decisão.

— Sei lá... Esse ouro que o Brasil despeja no mundo pode se virar contra ele. Sei lá... vai financiar esse imperialismo rapineiro dos ingleses, e disso mais tarde podemos ser uma das principais vítimas.

O Amigo Principal nº 1 não diz nada.

Estamos diante da varanda lateral com a sua bela escada, onde se debruçam pelos corrimões buganvílias de cores variadas. Burros e cavalos já prontos com suas preciosas cargas estacionam não muito longe. Entro com os dois principais amigos de Sinhô na suíte dos hóspedes. Ali a postos estão Diop, o louco, Moussa, o velho Mbende, Sange e seu filhinho, Quitéria e Zeferina com suas filhinhas.

O Amigo Principal nº 2 explica:

— Certamente esses são os escravos que você escolheria. Acertei?

Bato palmas. Concordo.

— E as cartas de alforria?

— Na gaveta da grande cômoda. Eu também adivinhei que é isso que você faria. No lugar dele vão escravos e escravas meus na sua comitiva. Serão seus. É claro que você não poderá ficar sozinha numa cidade tão importante como é Vila-Rica.

Assino as cartas de alforria. Entrego as cartas aos seus respectivos donos. Sange toma pela mão o filhinho e sai radiante com o seu troféu sem olhar para mim, sem o mais leve agradecimento. Parece doida. Mariposa enlouquecida. Corre pelo jardim. Some. As outras duas escravas se atropelam para receber suas cartas de alforria. Perguntam, aflitas:

— Nossas filhinhas?

O Amigo Principal nº 2 é o homem da resposta. Tira do seu amplo bolso, duas cartas.

— Comprei as meninas de Sinhá. Estão alforriadas também.

Estende as cartas a Zeferina e Quitéria, que, espantadas, tomam as meninas pela mão e como Sange correm e desaparecem, aturdidas, sem uma palavra de agradecimento, um simples obrigado.

Diop me devolve sua carta de alforria:

— O que é que eu vou fazer com a liberdade? Tenho medo dela. Não estou preparado. É uma cilada perigosa. Mas eu lhe agradeço, Dona Rosa Maria. Por favor me aceite como seu escravo. Dedico-lhe esta poesia que acabo de compor:

"Nem se engane nenhuma criatura,
Que não pode nenhum impedimento
Fugir do que lhe ordena sua estrela."

O velho Mbende também me devolve sua carta de alforria.

"Estou muito velho. Velho demais para esse luxo que é a liberdade. Onde é que vou arranjar um bom projeto de vida nesta altura? Tenho um emprego razoável sendo 'os olhos de Sinhá', eu me divirto vendo como age cada criatura. A dupe o (agradecimento).

Mas Moussa, o altivo Moussa, aceita sua carta de alforria. Ajoelha-se diante de mim:

— Xirico, princesa do Benim, enquanto nestes

membros, que eu já sinto velhos também, durar o espírito da vida, sempre em minhas orações e sacrifícios pedirei a Kulucumba, a Venerável Entidade Superior, que nas necessidades sempre te acuda com bom socorro e nos bens espirituais com melhor aumento.

Eu digo simplesmente:

— Obrigada. Podes ir. *Dakun fi ara bale* (por favor calma).

Moussa sai. Eu vejo diante de mim uma bela mesa posta com tudo de bom para comer.

O Amigo Principal nº 1 convida:

— Vamos comer. Eu tenho fome.

Depois apresenta um versinho:

— "A pança
é a mola em que descansa
o movimento do mundo."

Ele me faz sentar na cadeira de honra. E logo se atira a um leitão de forno, com farofa, coroado de louros, olhos de azeitona e vestido com rodelinhas de limão formando variados desenhos. Sinhô sempre foi adepto da boa mesa. Ele sem dúvida amava a natureza, mas não rejeitava o ato de devorá-la com amor naquilo que ela tinha de mais saboroso e apetecível. Tinha sempre em seu quarto entre muitos livros dois que, freqüentemente, folheava e deles extraía receitas que passava aos seus cozinheiros. Tratava-se de *A Arte da Cozinha* e *O Cozinheiro Moderno*, e tudo calcado na mais requintada culinária francesa que pontificava na corte dos reis Luíses.

O Amigo nº 2 elogia o frango à cabidela e o caldo de cozinha, além de lamber com os olhos um apetitoso peixe assado no espeto ao qual se entrega completamente.

A mesa deslumbra opulência, pelas iguarias deliciosas. Que cuidado! Que apresentação! Que comezainas!

Ofereço comida ao velho Mbende, que recusa.

— Só como uma vez por dia. De manhãzinha. A gororoba de Sinhá.

Diop balança sua cabeça negativamente. O velho Mbende casquina um risinho:

— De noite ele sonhou com o papa-figo, que come figo de menino e de donzelão. Bicho horrível. Metade gente, metade animal. Cabeça enorme. No meio das costas, um buraco que se abre, quando ele abaixa a cabeça. Por aí come o donzelão ou o menino que escorrega pelo buraco. E adeus, está no papo do Quibungo.

Diop me conta:

— Eu vi, Dona Rosa Maria, uma rede com um bexiguento lá dentro.

Mas eu também não como nada.

O Amigo Principal nº 1 anuncia:

— É hora da partida, Dona Rosa Maria.

Hesito:

— E essa estrada?

O Amigo Principal nº 2 lembra:

— De fato são léguas e léguas de terras, onde sopram ventos úmidos e frios, infestadas por desconhecidos animais selvagens e onde índios vagantes matam com singular selvageria. Mas acontece que isso é a Estrada Real. Padre Xota é conhecedor seguro dos caminhos. Ele não irá pela Estrada Real, e sim por atalhos e trilhas que não oferecem perigo. O máximo que a senhora, Dona Rosa Maria, vai encontrar é galinha brava pelos matos, patos nas lagoas, pombas e umas aves chamadas jacus que na feição e grandeza são quase como perus. Poderá ver lá em cima, no céu, voando uma ou outra águia do sertão e se encontrar com emas que já devem ser suas conhecidas. Há emas nas Áfricas. As daqui são brancas ou malhadas de negro e sem voarem do chão, vão-se aos bandos com uma asa levantada ao alto ao modo de uma vela. Araras e canindés de bico revolto e muito passarinho serão notados, e também uns bichinhos chamados taipés, negros com asas amarelas e que remedam todas as aves perfeitissimamente. A senhora se sentirá muito bem entre tantos pássaros. A senhora não é Xirico, um passarinho amarelinho de muito chilreio?

"Fique tranqüila. De mais a mais, o padre Xota é experimentado. Não sei mesmo quantas viagens por todo esse Brasil ele já fez. Ponha atenção no que vou lhe dizer: o padre Xota é de uma raça inteiramente aclimada, afeita ao solo e ao céu do Brasil. Sabe determinar onde está pela posição das estrelas, do sol, em especial, e também da lua. Ele também conta com um sistema de reserva que entra em ação quando o céu está nublado. Anda sem bússola. Não precisa. Tem dentro dele um sentido de orientação magnética semelhante ao da bússola. Ele confere sua bússola com a estrela polar. Sabe direitinho onde ela está. Essa estrela é que indica o norte verdadeiro. Os olhos do padre Xota são sensíveis à luz polarizada, são aquelas cujas ondas vibram em uma única direção, e isso permite que ele determine a posição do sol, mesmo nesses dias que eu já mencionei, os que estão nublados. Padre Xota participou de muitas entradas e bandeiras, especialmente das bandeiras de São Paulo. Esteve na de Brás Cubas e Luís Mártires, na de Fernão Dias Pais Leme, semeando e plantando pelo caminho em pousos longos, que foram o ponto de partida de futuras povoações.

"Fique tranqüila, Dona Rosa Maria. Prepare-se para partir. Vamos?

Pela janela aberta observo que a comitiva está pronta. Padre Xota, apoiado a uma árvore de grande porte. Os escravos e escravas doados por meus amigos e que substituem os que alforriei são em número de seis, a saber, três mulheres e três homens. Há excelentes cavalos para mim. Padre Xota, Diop e esses escravos e escravas. Quatro burros carregados de mantimentos e armas de defesa e um burro, o primeiro com minhas roupas de luxo, adereços, sapatos, enfeites para me apresentar muito bem à sociedade de Vila-Rica e que foram presenteados pelos bons amigos nº 1 e nº 2.

Beijo carinhosamente esses amigos.

Partimos em silêncio. Eu e padre Xota na frente, logo seguidos por Diop e a metade dos escravos, os burros e fechando o cortejo os escravos restantes. Caminhamos. Tranqüilamente para não forçar os animais. Ainda estamos em terras de Sinhô. Sinto-me contente. Tenho por certo que serei muito feliz em Vila Rica.

Padre Xota pára. Eu paro. Os outros fazem o mesmo. Olha os escravos de Sinhô: João, Manuel Moçambique, Engrácia, Leopoldo, Constantino, Eleutério e Mateus com uma carroça cheia de mudas de árvores. Eles explicam:

— Já vamos para um ano de trabalho. Sinhô mandou. Sinhô morreu. Ninguém desmandou. Continuamos. Nós estamos sozinhos plantando uma floresta. Antes, havia uma floresta. Foi devastada. Plantaram tanta cana. Só cana. Aí as árvores morreram. Sinhô mandou replantar tudo de uma vez, limpando primeiro as nascentes. Tem aí canela-amarela, pau-brasil, nogueira, eucaliptos, palmeiras e goiabeiras. Essas por causa dos passarinhos, para a comida deles.

Padre Xota aprova e sugere:

— Vamos ajudar?

Eu concordo.

Diop é o primeiro a descer. Todos apeiam. Nossos cavalos e burros põem-se a pastar. Plantamos árvores até o pôr-do-sol. Começa a cair uma chuva fina. Olho o céu. Não há estrelas. Não vejo meu filhinho. Os escravos convidam por sua vez:

— Temos um barraco. Pelo menos abrigo para a chuva.

Proponho:

— Vamos.

O barraco é largo e serve para todos nós. Os escravos acomodam os animais num largo alpendre. Nós entramos. Sinto-me cansada. Deito-me num canto. Não sei como os outros se acomodam. Tenho sono. Adormeço logo.

No sono, pelos caminhos do sonho, olha uma bela senhora. Quem é? Usa o manto branco por cima de uma veste azul. Não reconheço nela a minha padroeira Santa Rosa Maria Egipcíaca da Vera Cruz, que é de pele muito alva, e esta é trigueira como uma morena dos trópicos. Mas ela logo se apresenta, desfazendo minhas inquirições:

— Eu sou Santa Rosa de Lima. Virgem. Nascida e falecida em Lima, capital do Peru. Recebi no batismo o nome de Isabel, mas meu pai achou que eu era uma criança tão linda... linda como uma rosa, e mudou no convívio diário o meu nome para Rosa. O nome da Rosa é mistério. Tem a Rosa de Ouro, que é uma rosa que o papa benze, solenemente em Roma, cada ano, antes da missa. Esta cerimônia tem lugar no quarto domingo da quaresma, chamado por esta razão, na Itália, Domingo da Rosa. A rosa benzida é colocada num vaso de preço e enviada pelo papa a uma princesa cristã. Você é cristã, princesa Xirico do Benim? O papa poderia enviar-lhe a rosa para honrar suas virtudes.

Eu fico muito comovida. Pergunto à Santa:

— O que é ser um bom cristão?

A Santa gentilmente me remete ao padre Xota.

— Pergunte ao padre Xota, pergunte ao padre Xota. Agora, tem uma coisa, se você tivesse à mão uma rosa de Jericó, provavelmente não teria perdido o seu filhinho.

Fico muito curiosa.

— Como assim?

— Ah! A rosa de Jericó é uma flor muito fácil de encontrar nas areias marítimas da Síria ou da Arábia. Ismael, agora ex-escravo de Sinhá, a conhece assaz razoavelmente. Ele brincou com essas rosas, quando era meninozinho. A haste, dividida desde a base, ramifica-se e subdivide-se; as folhas são aveludadas, as rosas são brancas e muito pequenas. No fim da vegetação, as folhas caem, os ramos aproximam-se, entrecruzam-se de forma a juntar um novelo da grossura de uma laranja, que os ventos soltam e rolam sobre as praias. Recolhe-se a planta neste estado e trazem-na para a Europa. Colocada numa atmosfera úmida, alarga-se e toma aparência de vida: seca de novo, fecha-se. Se molhada em água e colocada na barriga da mãe por ocasião do parto, a planta se abre e a flor sai rápido, perfeita, da barriga da mãe. Isto é: o filho.

Fico triste. Mas não posso deixar de louvar a sabedoria dessa Santa que, apesar de se confessar virgem, entende de partos.

Ela se despede com um delicado aceno.

Abro meus olhos. Padre Xota com um velho livro de orações recita palavras mágicas de sua religião:

— *Propitius esto, exaudi nos Domine*
Ab omni malo, libera nos, Domine
Ab omni peccato,
Ab ira tua
A subitanea et improvisa morte
Ab insidiis diaboli,
A spiritu fornicationis.

Padre Xota guarda silêncio. Abre a porta do barraco.

— O sol vem aí.

O escravo Manuel Moçambique também se levanta. Aproxima-se do padre Xota. Aponta um pássaro cruzando o ar.

— O senhor padre Xota é que nem ele, sabe direitinho a posição do sol. *Alagba mo juba iwo* (Senhor, eu respeito você).

Todos se levantam. Uma escrava prepara uma refeição ligeira. Todos comem. Depois, os escravos de Sinhô partem para continuar sua lida de plantar árvores e nós seguimos viagem. No caminho, declaro ao padre Xota:

— Não me agrada muito esta longa viagem. Fui levada a essa decisão de fazer pouso nessa famosa cidade de Vila-Rica na igualmente famosa Capitania das Minas Gerais. Afinal, a herança que recebo de Sinhô é valiosa, e vou tomar posse dela.

Agora, pergunto ao padre Xota com muito empenho:

— O que é ser um bom cristão?

Padre Xota bate com força, disposição, muita energia no seu largo peito:

— É expulsar o pecador do templo.

Bate novamente no seu peito:

— O templo. É expulsar o pecador do templo.

Caminhamos, caminhamos. As horas passam. Padre Xota explica:

— Por enquanto estamos ainda nas terras de Dom Diogo Velho Cavalcanti de Albuquerque. A terra permanece elevada mas se alonga em planuras amplas. Brinca de inventar falsas montanhas, descendo em aclives fortes. De repente, um aplainamento geral. A vegetação é vigorosa. Veja esta flor. Deselegante. Parece uma cabeça decepada e sanguinolenta, jogada por aí. Rubra como sangue. Chama-se: cabeça-de-frade. Já estamos perto. Entraremos na Estrada Real só por algumas léguas. Estas são seguras. Batedores de Dom Antônio Felipe Camarão limparam os arredores. Posteriormente, a tropa de Dom André Vidal de Negreiros reafirmou essa segurança.

"Amo esta terra. Amo o Brasil. Se dela falem mal eu vou me embora. Não me interessa quem fala mal do meu Brasil. Mas há perigo. E o perigo vem lá de cima. Do Norte. Um povo bem lá do Norte teima em mandar em todo mundo. Este país não hesitará em superar suas diferenças com as nações rapineiras da Europa para se unir contra nós do Cone Sul. Há cinco anos, com o processo de mundialização, perdemos muito poder. Antes, exportávamos matéria-prima e dizíamos que os países desenvolvidos dependiam de nós. Agora, eles prescindem dos países deste lado do Sul. Toda a América Latina unida não atinge o nível de exportação da Bélgica, por exemplo. Esse povo bem lá do Norte não hesitará em derramar o sangue de qualquer povo, por mais longínquo que seja, se este for obstáculo em seu caminho. Suas garras são poderosas e afiadas. Seu amigo Ismael, o muçulmano, poderia dizer: 'Bagdá, a Paris do Oriente, que se cuide. Um dia, tártaros, mongóis e turcomanos passaram por lá, mas não conseguiram destruí-la. Bagdá, a linda Bagdá dos tapetes coloridos que evocam a vida das Mil e Uma Noites, dos museus onde as glórias do passado sonham com as glórias futuras, pode perfeitamente ser destruída por esse povo do Norte. Têm condições de o fazer.

Súbito o que é que eu vejo? Paro meu cavalo. Padre Xota me acompanha. Minha comitiva pára. No meio da estrada, com sua veste azul e seu manto branco, lá está Santa Rosa Maria Egipcíaca da Vera Cruz, minha padroeira. Não há engano, é ela mesma. A Santa, com um dedinho em riste, me adverte:

— Veja lá o que você vai fazer na cidade de Vila-Rica, na Capitania das Minas Gerais.

A Santa desaparece. Eu esfrego meus olhos. Vi mesmo? Ou não vi? Inclino-me no meu cavalo, me abraço com o padre Xota.

— Eu vi.

Padre Xota me repõe corretamente em cima do meu cavalo com breves palavras:

— Você não viu nada.

Dá um sinal. Todos nós continuamos a viagem. Há bonitas árvores bordando as margens da estrada. Mulungus torundos, baraúnas altas, marizeiros esgalhados, caraíbas, quixabeiras de folhas pequeninas e frutos que lembram contas de ônix, moitas floridas de alecrins de caule fino e flexível e as umburanas perfumando os ares.

Digo cortesmente:

— Nossa terra é muito bonita.

Padre Xota concorda:

— Ah! você nem sabe, Rosa Maria Egipcíaca da Vera Cruz, a lindeza que vai encontrar pelo caminho: uma cachoeira. Falo dela com imenso orgulho. É uma enorme massa líquida, rolando da vertiginosa altura, em fervilhante precipício. O estrondo repercute em prodigiosas distâncias. Parece que está anunciando um terremoto. O abismo troveja. Nuvens de espuma, cortadas por arco-íris permanente. Quem forma essa cachoeira extraordinária é um pequeno rio majestoso. Você vai conhecê-lo, é claro, é de contrastes, modifica-se, muda de posição. Antes de chegar à cachoeira o rio passeia por um dédalo de ilhas, ilhotas, recifes, pedras isoladas, e o todo é de encantador efeito. Súbito: acontece. A água do rio, na plenitude de sua força, apertada entre colossais muralhas graníticas, divide-se para o grande salto. São três gigantescos braços, mais um, se for o tempo da cheia, copiosos, independentes, se entrechocando no ar, projetando em todas as direções flocos, flechas, nevoeiros de água irisada, argêntea, diamantina. Mais tarde, o rio continua o seu curso e novamente se despenha, agora em cachoeiras menores, mas sempre fumegando, retorcendo-se desesperado, pulando, borbulhando, estourando como um bicho bravo em formidáveis rugidos. É uma beleza. Assombroso. Majestade, força, vigor estupendo.

Peço timidamente:

— E se parássemos aqui? Tenho fome.

Padre Xota aquiesce:

— Bem, por esta vez. Quando entrarmos na nossa trilha, vamos estabelecer somente uma refeição por dia: ao cair da tarde.

Os escravos parecem gostar muitíssimo da minha idéia. A um sinal do padre Xota, eles prontamente despem os burros de suas cargas. E estes se põem a pastar.

Apeamos, eu e padre Xota. Observo que um dos escravos parece ter um dom especial. Os cavalos o obedecem, bem como os burros, com um simples estalar dos seus dedos. Os animais por ele são bem-tratados.

Rapidamente vem a refeição, que é simples e boa. Padre Xota convida os escravos a comer conosco. Todos se põem em círculo. Gosto disso. Pergunto:

— Como se chamam vocês?

O escravo que é muito seguro com os animais responde logo:

— Meu nome é Kush. Na minha tribo, o filho mais velho sempre se chama Kush. O nome deriva de um filho homônimo de Cam, que era filho de Noé. E Cam, a senhora sabe, Dona Rosa Maria, é o fundador da raça negra.

"Minha tribo, que era forte e poderosa, dominava na região que é hoje o deserto do Saara. No tempo antigo, o Saara não é o que é hoje. Havia rios, lagos, bosques, pastagens, animais e diversas tribos, umas amigas, outras rivais. Todos eram bons artífices, e de pinturas se cobriam as cavernas numerosas. O maior lago se chamava Teneré. Mas os homens cometeram muitos pecados, e Kulucumba, a Venerável Entidade Superior os castigou. O fundo do mar se levantou e cobriu toda a região. Depois o sol secou toda a água. Ficou uma planície cheia de areia que ondula com o vento. Uma planície dura. Um campo de areia. Meu povo veio descendo, descendo e estabeleceu-se ao sul do Manicongo, a sudeste do rio Cuanza. Nosso rei é o Ngola, e nossa tribo é a Ndongo. Tínhamos adversários, é verdade, mas os piores sem dúvida foram os portugueses. Vieram pelo mar e iniciaram uma brutal penetração em nossa terra. Cada uma dessas entradas tinha a sua hedionda comemoração. Só uma delas cortou 619 narizes como troféus. Mas nosso rei, o Ngola de nome Kiluanji Mbandi, os combateu. De repente Ngola morreu de uma febre desconhecida. Seu sucessor era fraco e não foi bem-sucedido na luta contra o inimigo. Pouco a pouco sua personalidade foi sendo eclipsada pela de sua irmã Nzinga, que o inimigo chamava de rainha Jinga. Ela capitulou. Negociou a paz com os portugueses. Recebeu o batismo com o nome de Ana de Souza. E foi reconhecida pelo inimigo como rainha do Ndongo. O tratado com a rainha estipulava que todos os habitantes deveriam receber o batismo e portanto seriam cristãos. Os que se recusassem seriam vendidos como escravos. Por que deveria eu me batizar? Tornei-me escravo em nome da Liberdade. Fui vendido no mercado de escravos da Bahia. E comprado por um frade. Nunca me bateu. Nunca me maltratou. Era poeta. Dizia coisas assim:

'Os olhos em que o amor reinava um dia,
cheios de morte; e muda aquela língua
Que ao surdo vento e aos ecos tantas vezes
Contou a larga história dos seus males.'

"Ele me deu de presente ao Amigo Principal nº 2 de Dom Diogo Velho Cavalcanti de Albuquerque, antes de partir para Lisboa, onde tinha nomeada como orador sagrado.

Padre Xota completa:

— É o frade José de Santa Rita Durão.

O jovem escravo, sentado à direita de Kush, nomeia-se:

— Eu sou do povo ashanti. Eu me chamo Opoku Waré. Se não tivesse dado uma corrida e me escondido na gruta e se não tivesse sido descoberto pelos mercadores de escravos, eu agora estaria morto. E como escravo ganhei a vida. Meu avô Nana Kwandoo Ashanti, o rei, acabara de morrer. O ritual ordenava que Kwandoo só continuaria rei na eternidade se levasse para seu mausoléu a cabeça do filho mais velho da terceira geração do clã. Esse filho sou eu. Com ajuda de minha mãe, consegui fugir e escapar do ritual da morte. Durante a vida, os reis engolem pedras, que serão expelidas na velhice. A expulsão de seis ou mais é o aviso da morte. Minha mãe presenciou meu avô expelir seis pedras de uma vez. Ele morreu dois dias depois. A minha morte é ofertada ao rei que acaba de expirar e com isso ele terá majestade perpetuada. O ritual da minha morte é consumado durante uma caçada. No final eu seria enforcado e teria o corpo recheado de sal para garantir a conservação. Porém só a minha cabeça é que iria para o mausoléu. O corpo seria atirado ao rio como alimento aos *kobis* (peixes). Quem cortaria a minha cabeça é chamado de *abrafwo* (carrasco). As mulheres é que têm sorte: estão excluídas. Jamais se corta a cabeça de uma mulher. Só tenho é saudades da minha mãe, Ablá Poku, que é muito boa e canta lindas canções. Os mercadores de escravos me pegaram, e eu mesmo ensinei como sair às escondidas do Reino de Kwandoo. Também fui vendido para o Amigo Principal nº 2 de Dom Diogo Velho Cavalcanti de Albuquerque. E sempre fui bem-tratado. Acredito que a escravidão é uma situação humana. Quem é mais forte é o dono. E o fraco é sempre o escravo. Sempre houve escravidão. Há de fato em todos os tempos, é o que acontece em muitos engenhos do Nordeste e do Sul, uma grande massa humana disponível para trabalhar, em situações humilhantes e abusivas. A escravidão sempre existiu, desde a Antigüidade. Vencidos na guerra ou infratores de certas leis perdiam a liberdade. Os judeus não foram cativos no Egito? Repito, até que alguns escravos eram mais ou menos bem-tratados. Entre gregos e romanos, e mais tarde no meio dos bizantinos e muçulmanos, os escravos adquiriam alguns direitos, como possuir dinheiro e propriedade, assim como herdar ou transmitir alguma herança. Casar também. Comprar a própria liberdade, desde que para isso tivessem o dinheiro. Algumas vezes ocuparam altos cargos, na política ou no meio cultural. Mas em contrapartida há sempre os terríveis excessos. Espártaco em Roma liderou uma revolta de escravos, enfrentando durante dois anos as legiões de soldados romanos, à testa de mais de cem mil homens. O cristianismo, mesmo oriundo dos pobres, dos miseráveis, dos oprimidos, não proibiu a escravidão, embora condenasse a venda de seres humanos. As grandes cidades Veneza e Gênova, muitos e muitos anos depois, tinham um próspero comércio de escravos, na maioria cristãos eslavos, muito apreciados pelos muçulmanos. A palavra escravo até que deriva de eslavo, é isso aí. Tal a difusão desse costume. Na África sempre houve escravos. Muito antes de os portugueses lá chegarem, e ingleses, holandeses e outros tantos. Mas foi o tráfico de negros para o Brasil que mudou o conceito de escravidão para muito pior. Eu, como outros, jamais sofri privações na caravela que me trouxe ao Brasil, e ganhava limões que me livraram do escorbuto; tivemos boa sorte. Outros contudo viraram animais muito maltratados, espoliados, explorados até a morte. Estão se revoltando. Isso se sente no ar. É possível que muita gente em breve espaço veja o fim de suas vidas. Há por aqui, não muito longe, negros de Guiné, alevantados. Pode vir tempo em que se atrevam a acometer, destruir os engenhos, como já estão fazendo alguns parentes seus na Ilha de São Tomé. Sabe-se que o único macho do reino animal capaz de atentar contra os testículos do seu inimigo é o homem. Senhores vários cortaram os testículos desses escravos em guerra na Ilha de São Tomé.

Opoku Waré nos fala desafiadoramente. Depois se acalma.

— Este que aqui está ao meu lado é Kafuxi, da nação Akan.

Kafuxi explica:

— Nação antiga. Começou logo depois que a terra deixou de ser somente água ou ar e todos eram peixes ou aves disfarçadas. Nosso cabelo é assim tão vasto e encarapinhado por quê? Nosso cabelo é o resto de uma plumagem de pássaro, degradada pela ausência do vôo.

"No litoral havia um reino chamado Denykira. Tinham armas de fogo. Nosso rei queria armas de fogo para combater o *fanti* (povo) de Denykira. Mas nosso rei calculou mal sua força e foi vencido. O inimigo matou todos os homens. Poupou as mulheres. Eu e Diop que ali está, e que somos do mesmo Reino, nos disfarçamos de mulher. Para Diop, fácil. Ele tem aparência delicada. Pele fina. Mas como éramos tão jovens, enfim conseguimos. Um dia fomos tomar banho no rio. O inimigo viu o corpo nu de Diop e o meu. Apesar de Diop ter o seu pênis invaginado na carne limite de suas coxas e apenas alcançando o tamanho de uma passa enrugada, foi considerado homem. Eu amava Uassamba todos os dias. Com terror, me vi denunciado. Uassamba nunca mais, nunca mais.

"Fugimos. Eu e Diop. Sem medo. Pelo rio. Um rio enorme cheio de jacarés. Cobras venenosas. Nadamos horas. Todo dia e toda noite. Exaustos, alcançamos a margem do rio. Deitamos na areia. Acordamos cobertos por uma rede forte. Em pé, aguardando, barbudos homens fortes, caçadores de escravos.

"Suportamos muito sofrimento na caravela que nos trouxe para esta terra. Contudo, não podemos negar, nosso dono, o Amigo Principal nº 1 nunca foi mau. Sobrevivemos. Estamos aqui.

As três escravas, até então silenciosas, despertam em alvoroço. Falam as três ao mesmo tempo. É claro que não conseguem que eu as entenda. Peço ordem. Que cada uma fale de cada vez. Uma delas fala:

— *Nje· emi lè soro* (posso falar)?

Mas uma segunda intervém:

— *Se egbon lè da si oro yi?* (irmãos, posso ajudar na conversa)?

Determino:

— Que fale a terceira. E que a primeira que agora falou e a segunda esperem sua vez. Assim é feito.

— Eu sou Mtumba. Essa de olho assustado que nem gazela e que pediu primeiro licença para falar é Ranoveloná. A comprida, muito magra de pés grandes, é Rasoherina. Nós somos as três esposas. Ou melhor, éramos. Nosso marido é Kayondo, um homem muito rico. Ele é um velho feio, sem dentes, e cuja boca fede mais que um cadáver. Muitos o chamam de bayeké (caçador de elefantes). Não sabemos o porquê. Ele jamais caçou um único elefante. Enquanto nós trabalhamos nos campos de Kayondo para ele ficar cada vez mais rico, colhendo grãos e vendendo, ele fica na rede se embalançando pra lá e pra cá. Nós trabalhamos demais e sempre estamos cansadas. Nosso povo é o *Ndu mili nhu* (povo da água salgada), e fomos compradas de nossos pais por Kayondo. Do que nós gostamos mesmo é de passear, falar às árvores, tomar banho nas lagoas, descobrir novos caminhos na mata, admirar um pássaro de vôo ágil e uma lagarta bonita de várias cores. Não temos tempo para esse lazer. Trabalhamos o dia todo sem parar. Comemos uma vez por dia. De noite conversamos, entre nós, uma conversa de fugir. Longe de Kayondo. Mas todas nós somos de família muito pobre. Kayondo pagou uma taxa alta por cada uma de nós. Nossos pais já gastaram essa taxa. Se fugirmos nossos pais devem devolver a taxa. Não terão como. Nunca poderão fazê-lo. Serão presos e condenados. Ah! devemos dizer: cruéis são tantos costumes contra as mulheres. Perversos são os velhos que defendem esses costumes em nome de tradições impossíveis. Perversos ah! duas vezes mais são os novos que não têm coragem de os destruir.

"Um dia Kayondo resolveu aumentar o campo para suas plantações de grão. Chamou um homem forte e apreçou, depois de muito regatear, o trabalho de pôr abaixo uma grande árvore, a *loko* (árvore sagrada). O pé da árvore, invisível a distância, estava cercado por um emaranhado de arbustos e moitas, de onde se erguia um tronco imenso, encimado por uma folhagem verde-escura. Trepadeiras grossas como cordas cruzavam-se, tecendo uma espécie de rede que pendia do topo da árvore até o solo. Ramos enormes formavam uma abóbada folhosa sobre o caminho, lançando no solo uma sombra inteiriça.

"O homem que ia abater a árvore era Liombe. Ele foi logo dizendo: 'O preço aumenta, preciso de dez ajudantes. E há um problema. Essa árvore é fetiche. Perigoso cortá-la. Já que muitos consideram essa árvore sagrada.' Kayondo se riu: 'Não acredito em nada disso. Mas pago um pouco mais a você e aos seus homens.' Isso, ele disse de maneira desdenhosa. E acrescentou: 'Ninguém deve tocar em árvore fetiche é bobagem. Faço troça de feiticeiros.'

"Liombe levou Kayondo para examinar a árvore e mostrou que a parte inferior era oca. Servia de ninho para uma serpente.

"Kayondo ficou irritado e ordenou a Liombe que começasse o trabalho. Matar uma serpente sem dúvida era tarefa de nada para Liombe e seus homens.

"Nós três, escondidas, observamos tudo. Vimos Liombe e sua equipe começarem a tarefa. Kayondo gritava: 'Vamos e nada de preocupações.' Depois, ele armou para si uma cama macia de folhas e deitou-se sem maiores cuidados, tendo a idéia de perguntar antes a Liombe de que lado a árvore iria cair.

"Um calor abafadiço no ar indicava a aproximação de uma tempestade, o que é muito comum naquela região.

"Liombe dizia alto para os seus ajudantes: 'Não podemos recusar este trabalho. É importante para nossas vidas e certamente nos dará dinheiro e prestígio.'

"Um dos ajudantes arriscou uma tímida observação: 'Desculpe-me, patrão, mas como esta árvore é mágica, pode nos fazer mal.'

"Kayondo ouviu: 'Cala a boca, idiota. Estás a dizer asneiras. Quem sou eu? Invulnerável. E isso se estende aos que trabalham comigo. Sou o homem mais rico deste reino. Há muito tempo tomei as minhas precauções contra a magia. Não nasci ontem. De qualquer maneira não discuto com os covardes. Vai afiar o teu machado. Vamos, vamos.'

"Liombe examinou a árvore cuidadosamente. Achou que era melhor matar primeiro a serpente. Procurou, procurou, mas não achou a serpente. O tronco era de cor cinza, liso em alguns lugares, nu em outros, estalando em certas partes como uma pele de crocodilo. Começou a dar ordens a seu pessoal. Em poucos momentos as moitas e ervas foram cortadas. Alguns homens fizeram um monte de folhas que seriam queimadas mais tarde, quando secassem.

"Liombe deu uma palmada nos seus bíceps grossos, cuspiu nas mãos calosas, esfregou-as para agarrarem melhor e pegou no seu machado. Parecia um grande lutador. Removeu a casca da árvore com uma série de golpes pequenos. Apesar de um dos seus ajudantes ter sugerido, não quis mandar ninguém ao alto da árvore atar uma corda que a faria cair na direção já por ele indicada.

"O machado de Liombe começou a dançar. Os ninhos das aves caíram. Choveu uma chuva de formigas vermelhas. Caiu em cima de todos. O tronco da árvore estremeceu. Sua carne vermelha ficou exposta. O suor corria pelo rosto de Liombe, espalhava-se. Encharcou sua tanga. O céu cobriu-se de nuvens. Atmosfera tensa. A tempestade anunciou-se. Liombe avançava. Olhos vermelhos. Golpes cada vez mais fortes. Não aceitou ajuda de ninguém. Só queria os seus ajudantes na tarefa de limpar o chão, coberto de aparas de madeira que voavam em todas as direções. Kayondo parecia muito satisfeito. Quando só uma faixa de madeira unia o tronco à base e algumas pequenas pancadas bastariam para fazer cair a grande árvore ao solo, Liombe disse aos seus ajudantes: 'Agora, vocês vão fazer o resto. Tarefa de criança.' Depois acrescentou: 'A árvore vai cair na direção oposta à que vocês estão.'

"Liombe postou-se ao lado de Kayondo, sempre confortavelmente deitado no chão de ervas, e preparou-se para assistir à cena final, com um olhar de vencedor. Seus companheiros iniciaram a tarefa, quase a brincar, concordando que a trajetória da árvore era clara, não envolvia o menor perigo, certos de que a árvore cairia na direção que Liombe tinha indicado.

"Nós estávamos inquietas. A árvore era sagrada. Fetiche. Aquilo era sacrilégio.

"A tempestade de repente rugiu. Caiu uma chuva grossa. A folhagem da árvore vacilou. O tronco começou a cair. Não na direção esperada, mas sim em cima de Kayondo primeiro, e Liombe depois, alcançando todos os ajudantes de Liombe. Insetos fugiram aterrorizados. O deus do trovão mostrava sua força. Onde estávamos, sentimos logo que estávamos protegidas. Vimos as tripas de Kayondo saltando de sua velha barriga. O crânio de Liombe era uma mistura de miolos esbranquiçados, cabelos escuros e ossos esmigalhados.

"Percebemos a magia da velha árvore no ar. Ameaçava espalhar-se. Corremos. Fugimos dali. Corremos e corremos. Fomos parar numa praia. Havia um barco levando escravos para uma caravela portuguesa. Gritamos: 'Vamos com vocês. Aceitamos a escravidão.'

"Os portugueses estranharam aquilo. Não fizeram perguntas. Embarcamos e partimos rumo ao Brasil. Longe da magia daquela árvore fetiche.

"A bordo fomos bem tratadas. Circulávamos livremente e nos oferecíamos para tarefas várias. Não nos importávamos com a marca que eles fizeram em nossas mbundas (nádegas) com ferro em brasa. Agora, de verdade, éramos escravas. Comíamos, bebíamos com prazer um líquido agradável que era o vinho deles. À noite os homens cantavam à lua e às estrelas, e logo aprendemos suas canções e cantávamos, só parando quando muitos se punham a chorar com saudade das mães deles. Afetuosamente, consolávamos os rudes marinheiros:

"— *Aya nini* (coragem).
Ayo, ayo (alegria, alegria).
Orin, orin, orin (canção, canção, canção).

"Eles se animavam. Sorriam. Tornavam a cantar. Confiantes. Felizes. Noite adentro. Manto de estrelas no céu. Cheiro de mar. Dormíamos com cada um deles. Rodízio. Até o sol raiar. A canção... a canção favorita.

"— A Nau Catrineta chegou
Chegou do mar escuro
Tem muito o que contar
Histórias?
Uma de pasmar.
Muito tempo era passado
Que iam na volta do mar
Já não tinham o que comer
Já não tinham o que manjar
Deitaram sola de molho
Pra o outro dia jantar
Mas a sola era tão dura
Que não a podiam rilhar
Escolheram quem haviam de matar

Deitam sortes, e a sorte vai cair?
Cair no capitão general!
A Nau Catrineta chegou
Chegou...

Padre Xota anuncia:

— Continuamos a viagem.

Os escravos se levantam. Preparativos. Guardam-se restos de provisões. Preparam-se as montarias. Selam-se os burros.

Nesse momento, bem baixinho, uma voz... uma voz sem dúvida que eu conheço. Conheço bem. A voz sopra no meu ouvido:

— Rosa Maria Egipcíaca da Vera Cruz... Rosa Maria Egipcíaca da Vera Cruz... Rosa Maria Egipcíaca da Vera Cruz... Então?

Pergunto, também baixinho:

— Então o quê?

A voz não responde. É certo que essa voz não é da minha padroeira Santa Rosa Maria Egipcíaca da Vera Cruz. Também não é a voz de Santa Rosa de Lima. E muito menos não é de Xipoco-Xipocué.

Fico intrigada. Diop se aproxima de mim:

— Dona Rosa Maria, eu preciso lhe dizer que com exceção de Kush que não se chama Kush eu não conheço nenhum dos outros.

Monto no meu cavalo. Ordeno a Diop que se coloque ao meu lado. Ele continua:

— É o que lhe digo. Não sou da nação Akan, e esse Kafuxi eu nunca vi.

Olha a voz de novo. Sempre baixinho, de maneira que ninguém tem condições de ouvi-la:

— Preciso tomar cuidado. As histórias quando não são verdadeiras pelo menos precisam parecer verdadeiras.

Pergunto não tão baixinho:

— Quem é?

A voz não responde. Mas Diop sim:

— Quem é Kafuxi eu não sei.

Apuro o meu ouvido. Será que a voz... Respiro forte. O ar me traz um perfume de flores exóticas, de flores como as de outro mundo.

Diop afasta sua montaria para deixar passar um pequeno esquilo que cruza a estrada.

Ouço a voz, quase um sussurro. Com um gesto imperioso, calo Diop. Mas de quem seria essa voz?

— Muito bem, Rosa Maria Egipcíaca da Vera Cruz, como um mágico de feira. O que é que eu venho fazendo até agora? Tirando da minha cartola uma lebre, aquela pomba que imediatamente voa, lenços das mais variadas cores, ou seja: situações, personagens, enredos.

— Quem é você?

Diop mantém-se calmo e tranqüilo. Padre Xota, montado no seu cavalo, dá o sinal de partida. Depois ajeita-se, parece dormir com os olhos semicerrados como um crocodilo do Benim entre as moitas.

Pergunto:

— Que história é essa de situações, personagens, enredos?

A voz some.

Diop novamente afasta sua montaria para dar livre

passagem a uma pequena minhoca que ele descobriu no chão e que a pata do seu cavalo mataria, fatalmente.

Eu me aproximo de Diop. Mas sempre alerta na expectativa de ouvir aquela voz novamente.

— Quem é Kush?

Diop parece constrangido.

— Ah, Dona Rosa Maria, a senhora sabe perfeitamente que eu nasci no Benim. A senhora se lembra de mim na praça principal seguindo o príncipe Ginuwa, seu pai? Ouvindo o príncipe Ginuwa! "A expressão direitos humanos aqui não existe. As vítimas não têm voz ativa para denunciar. Já foi uma grande cidade. Hoje, moralmente, é uma ruína. A má administração de vários obás se refletiu em várias lutas sangrentas pelo poder. Obás tirânicos incentivam a tal ponto o tráfico de escravos que um dia esta região pode ficar despovoada. Estão vendendo a população. Lá fora justifica-se o comércio de cativos porque se sucedem os sacrifícios humanos. Mata-se e come-se a carne do próprio irmão. A minha preocupação é com os direitos humanos, os direitos inalienáveis de cada um de vocês. A vida, a liberdade, a busca da felicidade. O respeito à dignidade humana." A senhora se lembra, não se lembra, Dona Rosa Maria?

Concordo:

— Sim, eu me lembro de você no Benim. Você nasceu no Benim. Contudo, quando fomos reduzidos à condição de escravos por Nowa, obá do Benim, cada um de nós seguiu seu rumo em caravelas diferentes. Eu fui vendida no mercado de escravos, na cidade do Recife. Minha caravela veio diretamente para a Capitania de Pernambuco. Você foi parar no Rio de Janeiro.

Diop balança afirmativamente sua bonita cabeça:

— Perfeitamente. E foi aí que conheci Kush. Eu fui comprado por um certo João Ventura, que possuía bens e que vivia com uma escrava que ele nunca alforriou. Essa escrava era uma negra de ganho. Teve um filho e não sabia quem era o pai. Esse filho foi batizado com o nome de Manuel. Era da minha idade. Desde cedo sua maior habilidade era limpar a poeira da coleção de santos de João Ventura. Daí veio-lhe o nome de Manuel dos Santos. O Manuel dos Santos é o Kush, ou pelo menos é esse que se apresentou com o nome de Kush e contou todo esse enredo. O Ventura era dono de um teatro que ele chamava de Casa da Ópera. A escrava, mãe do Manuel dos Santos e que se chamava Engrácia, muitas vezes representou pequenos papéis no teatro do Ventura, que tinha paixão pela cena. Quando sentia que a peça estava caindo e os espectadores estavam se desinteressando, ele pulava da platéia para o palco, e, de violão ao peito, tocava, cantava e dançava. Nesse teatro apresentavam-se peças de um tal Antônio José. A Engrácia se apaixonou por ele, mas ele nem se apercebeu de sua existência. Ela ficou com raiva. Um dia, por acaso, foi à casa dele, a mando do Ventura, e descobriu que o Antônio José era um judeu. Pilhou-o em plena oração, no exercício de sua religião proibida. Ofereceu-se a ele. Foi recusada. Posta na rua. Ela então denunciou o judeu ao Tribunal de Lisboa. Ele foi condenado e acabou queimado por ordem da Inquisição. É bom que se diga que o Manuel dos Santos teve muita vergonha dessa delação de sua mãe. Foi pedir ao Amigo nº 1 de Dom Diogo, que, quando ia ao Rio de Janeiro, freqüentava o teatro do Ventura, que o comprasse. Conseguiu. Nessa ocasião Dom Diogo também se encontrava no Rio e também freqüentava a Casa da Ópera do Ventura. Aí, aconteceu o seguinte: certa noite representava-se uma peça desse Antônio José. Aparecia um dragão que, quando falava, vomitava fogo. De repente... um incêndio. Pega fogo o teatro e mata o Ventura. Dom Diogo me comprou. Foi então que nos encontramos, querida Dona Rosa Maria. Para mim foi uma bênção vê-la de novo, princesa do Benim.

Exclamo:

— Escravos. Nós dois. Escravos de Dom Diogo Velho Cavalcanti de Albuquerque.

Ficamos em silêncio. Um olhando para o outro. Súbito... Olha a voz... de novo.

— Diop felizmente consertou o deslize. Retificou. Corrigiu. Erro técnico. Podemos continuar fabricando ilusão.

Não entendo. Desisto de perguntar à voz quem é ela. Sim, é voz de mulher. Certamente se identificará. Aguardarei.

Padre Xota se dirige a todos:

— Atenção. Dentro em breve deixamos a estrada principal. Há um desvio à esquerda e outro à direita. Tomamos a trilha que fica à esquerda. Pernoitamos em caverna ampla e segura. Há lugar para todos nós e lugar para os animais. Ficaremos bem abrigados.

Observo a boa ordem de nossa comitiva. À frente eu e o padre Xota. Diop atrás de mim. Logo em seguida Kush com Mtumba e Ranoveloná. Fechando, Opoku Waré, Kafuxi e Rasoherina. Padre Xota se fortifica com palavras mágicas de sua religião.

— *Naturae in vigilem domandae*
Gratiae fovendae
Legi servandae
Saluti promerendae.

Tudo aconteceu rápido. Kush, ou seja, Manuel dos Santos, assoviou. Opoku Waré, Kafuxi e Rasoherina disparam a galope. Tomam a estrada da direita, logo seguidos por Mtumba e Ranoveloná. Gritam:

— *Igba a ro o* (sucesso na tarefa). *Oko a refo o* (desejamos boa viagem).

Um segundo assovio de Kush é o sinal para que o meu cavalo, o de padre Xota e o de Diop nos derrubem no chão. Kush a galope dispara, seguidos por nossos cavalos e todos os burros. Uma nuvem de poeira os envolve. Escravos e animais desapareceram de nossas vistas.

O primeiro a se levantar é Diop, que vem em meu socorro. Padre Xota tem dificuldades. Afinal, o seu cinturão de penitência o atrapalha.

Verificamos depois de minuciosas apalpadelas aqui e acolá que estamos bem. Sem fraturas e hematomas. Nem sombra de osso quebrado ou arranhadelas. Padre Xota nos conforta:

— Não morreremos de fome. *Te Deum laudamus.* Há frutas e água pelo caminho. Coragem! *Jesu audi nos! Jesu exaudi nos!!*

Eu repito:

— Coragem!

Afinal, tenho uma mina de ouro me esperando.

Começamos a andar em silêncio. Padre Xota anima:

— A gruta está perto.

Diop exclama:

— Ei-la. Vejo a gruta!

É verdade. Nós nos aproximamos com boa disposição. Fico espantada. A entrada da gruta é guardada por criaturas de crânios imensos, corpos atrofiados e cérebros gigantescos. Algumas dessas criaturas são mulheres. Claro. Quadris desenvolvidos abundantemente. Eu me pergunto se isso é para permitir melhor a passagem da cabeça dos bebês pelo canal entre os ossos da bacia. Outra mulher tem uma bolsa no ventre, igualzinha à dos cangurus. Por aí é que o bebê sem dúvida nascerá sem dor. Ela tem quatro seios no lugar de dois. A explicação me parece bem simples. Essa anatomia multiplica as fontes de amamentação para a prole, forçando menos cada seio e evitando que eles murchem precocemente, como vi tantas vezes entre as senhoras do Reino do Benim. Observo o pescoço de outra mulher. É muito alto. Os ombros também. Certamente ela jamais sofrerá dores de artrite.

Padre Xota exclama:

— Que quadro encantador formam esses arbustos e trepadeiras que guarnecem a entrada da gruta. Com seus galhos e liames entrelaçados, desenham grupos de meninos que se preparam para correr atrás de borboletas azuis. É. Disfarçam-se, usando máscaras enormes plantadas em cima de paus, lembrando cabeças disformes, tudo para assustar os passarinhos com aquelas bolotas que saem dos paus, na frente e sobretudo atrás, que dá vontade de ali aplicar umas boas palmadas. Tal e qual no teatro de marionetes.

Diop não diz nada.

Entramos na gruta. Está limpa. Nós nos sentamos no chão. Padre Xota explica:

— A situação é séria. Por certo a escravidão é intolerável. Kush, Opoku Waré, Kafuxi, Rasoherina, Mtumba e Ranoveloná lutam por sua liberdade. Há quilombos agora por toda parte. Aqui, não muito longe, há um grupo forte e poderoso de nagôs, escondidos nos matos. Prevejo com tristeza muitas mortes. Virão sem dúvida tropas comandadas por capitães-do-mato. Os engenhos serão atacados. A produção de açúcar pára. Acredito mesmo que esse quilombo onde se acoitaram nossos amigos prepara uma invasão à capital da Bahia. O que vai acontecer é que muitos negros serão mortos, os soldados sofrerão muitas baixas, e sem dúvida, o que é pior, muitos rebeldes serão torturados para exemplo.

Diop, o louco, até então calado, diz gentilmente:

— Há um motivo. Muitos nagôs têm outra religião. Estão proibidos de exercer sua religião, sua fé. Tratase de uma Jihad, também. Guerra Santa. Reivindicam um direito humano. Um direito que lhes é negado.

Religião embriaga. Vai-se à luta por ela. Elas têm o direito de ver respeitada a sua crença. É duro perder a sua identidade. Os nagôs lutam para não sofrer tanto. Eles sabem ler e escrever. Todos os planos de revolta são escritos. Têm livros. Cadernos. Não são só os nagôs, há os iorubas, hauças e malês.

Padre Xota balança tristemente a cabeça:

— A luta do escravo é a luta do mártir que não aceita viver animalizado.

Eu pergunto:

— O que é que a sua religião, padre Xota, fez pelos escravos? Por que esmagam, trituram, tingem o chão com o seu sangue? O sangue dos negros.

— Muitos aprovam açoites, prisões, tantos castigos, abatendo o orgulho e quebrando brios do negro. Pagam tributos às idéias deste tempo. O que é que esse Maurício de Nassau, preposto da Companhia das Índias Ocidentais, anda dizendo: "Sem escravo não tem Brasil. Sem eles, os negros cativos, os engenhos não podem moer, nem as terras ser cultivadas, pelo que necessariamente deve haver escravos no Brasil, e por nenhum modo podem ser dispensados, e se alguém sentir-se nisso agravado será um escrúpulo inútil." A Igreja entrou nessa política há muito tempo. Ah, nem devo falar. Não posso. Sou padre ... como dizer que os negros são um negócio para a Igreja? É desesperante, mas a Igreja recebe da Coroa Portuguesa cinco por cento de comissão sobre a venda de negros escravos. Indigno imposto. É assim que a Igreja permite que "se resgatem os negros" e os transformem em escravos para conseguir batizá-los mais facilmente e impor-lhes o cristianismo. Não, não quero falar mais. Nem ouso...

Sou implacável:

— E os índios?

— Nem valia escravizá-los. Quem iria ajudar, quando aparecessem franceses e holandeses? Era necessária a aliança com os índios para expulsar os concorrentes à posse da colônia. Grandes chefes guerreiros índios estão por aí defendendo a terra. Chamam-se Tibiriçá, Tabira, Zonobabé, Piragibe e tantos outros. Nos exércitos a proporção é de cinco brancos para duzentos índios. Agora é verdade que na aliança com os índios ninguém se preocupa com as necessidades deles. O que interessa é só a fé católica. Não é esse o caminho. Não é mesmo. Na realidade todos os índios um dia serão expulsos de suas terras. Muitos defenderam a liberdade dos índios alegando que eles não servem para o trabalho duro dos negros, que são indolentes, não resistem a doenças e morrem de saudade das florestas. Não é verdade. São os maus-tratos que matam os índios. Eles são fortes e bons. Plantam mandioca e milho. Têm uma boa tecelagem de algodão. Linda cerâmica. No final o que há é uma grande confusão. Os tupinambás são aliados dos portugueses. As tribos tupiniquins se voltam para os franceses. Não, nem quero falar da Igreja, com o seu aval, a escravidão negra vira ato piedoso. Está aliada aos senhores, e entre os padres há cruéis proprietários de escravos. Fazem filhos nas negras para saciar sua desenfreada luxúria e depois os abandonam à própria sorte. Há uma política da Igreja que me revolta. Não permite a união de negros. Cria irmandades que separam as nações africanas. Nagôs e bantus jamais podem se encontrar. É perigoso para os senhores. Essas Irmandades de fachada homenageiam o Santíssimo Sacramento, mas na realidade é só para amansar o negro.

Sinto-me cansada. Digo:

— Bem, bem.

Observo que Diop adormeceu, sentado, pernas cruzadas. Com todo cuidado, estendo o meu corpo ao lado dele. Padre Xota, sem audiência, decide dormir. Deita-se no outro canto e logo adormece com um ressonar tranqüilo. Eu começo a sentir muito calor. Fico me lembrando de meus pais: o príncipe Ginuwa e de minha mãe, a linda Oyeomosan. Derumo... tão gentil. Derumo, a sábia que me dava um chá gostoso, quando eu custava a dormir. Derumo que me contava histórias ou cantava para eu adormecer:

Njakk bopp ak yeum!
Kou hammoul ak bopp
Dô khamm fô djèmm!
Mô lou bidjaw djérigne?
(ter falta de cabeça equivale a morrer!
quem não tem cabeça
não sabe para onde vai!
mas para que servem os cabelos brancos?)

Começo a sentir muito calor. Onde está a minha família? Mas viver é bom. Afinal, tenho amigos. Poesia é bom. Natureza. Amor. Amor. Padre Xota dorme tranqüilamente. Tiro toda a minha roupa. Estou sentindo mesmo muito calor. Ah! as lindas histórias de Derumo: "Então aqueles dois percorriam um longo caminho sob o olhar da lua que, sempre velha e sempre muito curiosa, perguntava a si mesma aonde iriam aqueles dois um olhando para o outro e ele com um grande feixe de lenha que de tão pesado vergava-lhe as costas. De repente ouviram alguém que resfolegava e se inquietava e ela perguntou: 'Quem és tu?'"

Presto atenção. Mas não é que... Ora, ora, eis a voz... A voz que eu conheço e que debalde não consigo identificar. A voz não fala no meu ouvido. Ela, tranqüilamente, chega a mim, mas vem do lado em que está o padre Xota. Consigo ouvi-la com muita clareza:

— Compreendo o seu estado. O que é que deu o sinal de partida? Como se acendeu o fogo? Por que se enamorou perdidamente? Agonia. Não se trata do impulso animalesco da perpetuação da espécie. É tão mais. O que é que de fato determinou o seu amor? A beleza dela? Seu corpo? Beleza é fundamental. Mas não é só a beleza que inspira o amor. O que é, afinal? A graça com que ela balança os olhos? Ah, foi o corpo. Objeto que eficazmente provoca o amor. Ilumina o amor. Uma vez que o amor incendiou o seu espírito, o que é que acontece? Isso. Você está siderado por aquela mulher. Você sabe de quem eu falo. Sofre? Muita gente chora copiosamente. Se necessário, deve fazê-lo. Mas não seja dramático. Não me vá dizer que se ela se ausentar será o fim do mundo. Estaria você com esse amor entre viver e morrer? Doce felicidade a presença dela, hein? Ou amargo sofrimento. Se ela se for, como fica a sua vida? Vazia. Vai começar a procurar pelas ruas ou estradas as mulheres parecidas com ela? Sobretudo de costas. Parece com ela... O coração deu um pulo? Ah, foi engano. Certamente você a encontrou. A felicidade.

Uma nuvem de pirilampos invade a gruta, até então envolta na escuridão da noite. Tudo se ilumina. Vejo um pobre padre Xota, lívido, revolvendo-se no chão.

Outras vozes se apresentam, essas do meu lado. Reconheço a voz da minha padroeira Santa Rosa Maria Egipcíaca da Vera Cruz e a voz de Santa Rosa de Lima.

— Nós protestamos. Isso não é coisa que se faça. Temos o apoio de São José de Botas, Santo Eleutério, São Justino, todo o reininho dos céus.

O padre Xota mastiga palavras com horror:

— Tentadora visitação do demônio.

Levanta-se com um grande urro.

— Você, estúpida, vista-se imediatamente.

Ouço um órgão de igreja em pleno som. Num relâmpago vejo coristas solfejando a toda força. Um maestro brande desesperadamente uma batuta feita de um osso de cão. Eu me sinto fatigada. Mas obedeço a padre Xota e me visto inteiramente.

Padre Xota aperta com força e brutalidade o seu cinturão de espinhos. Com horror eu observo que sua velha sotaina se tinge com uma cor rubra. Um sangue grosso escorre pelas suas pernas, mancha o chão e se derrama, formando grotescas figuras entre as pedras. Fujo dali.

Lá fora já amanhece devagarinho. Corro. Quanto tempo? Não sei. Encontro uma árvore. Seu tronco é gigantesco. Sua altura, formidável. No Benim tem essa árvore. É um baobá. Os africanos sempre dizem que essa árvore nasceu virada de cabeça para baixo. No seu bojo encontro insetos, casais de macaquinhos e um considerável número de pássaros. Dirijo-me a estes em todos os pios de todas as línguas de pássaros que eu conheço. Eles me respondem com muita cortesia:

— Entre, por favor, há lugar para você. Fique conosco. Quando o sol estiver pleno vai haver uma grande festa. Você vai gostar. Olhe aí para a frente. Sabe o que é que aconteceu? Aquela figueira que já conta cem anos começa a ter filhos. Nascendo filhinho por todo canto. No parapeito do muro de pedra, no meio da estrada, grudados em outras árvores, na beira de todos os riachos e já tivemos notícia, bordando as margens daquela tremendona cachoeira que rola para baixo um mundão de água. Que engraçado, a figueira se lamentava muito porque, já sendo de idade, não poderia ser mãe. E agora aconteceu. Filhinhos com cem anos! Não é uma beleza! Os filhinhos já estão com boa altura. A mãe natureza é que é sábia, acaba resolvendo todos os problemas como o dessa figueira que só queria ser mãe. Não é como o homem que tem pressa para tudo. Em homenagem às mudinhas que nasceram tão bonitas, nós passarinhos já resolvemos que nenhum de nós defeca ou limpa o bico em qualquer uma de suas tenras folhinhas.

Um passarinho bem emplumado se aproxima de mim. Gravemente, ele confidencia:

— Tenho para mim que a verdade é mais uma certeza de alma do que uma conquista do conhecimento. Há muitas vezes uma inconciliável contradição entre o que é certo e o que é verdadeiro. As normas do que é "direito" não são um regulamento dos justos, mas tão-somente uma disciplina dos pecadores.

Acredito que este passarinho seja um sábio, mas fiquei sem entender o que ele realmente quis dizer.

Diop está diante de mim com dois bons cestos de folhas trançadas e repletos de belos frutos.

— Ah, Dona Rosa Maria, eis a senhora. Fiz estes cestos com as folhas de palmeira que encontrei, secas no chão. Um dos cestos seria para o padre Xota. Ele se declara em jejum. Sendo assim, os dois são inteiramente seus.

Agradeço a Diop e reparto os frutos com os insetos, os passarinhos, os casais de micos, povo que encontrei bem abrigado na cavidade oca do grande baobá. Todos comem satisfeitos, com chilreios ou grunhidos. Não tenho tempo de limpar minhas mãos, nem meus lábios. Padre Xota está ao meu lado. Não me parece zangado, nem triste. Firme e composto.

— Vamos, Xirico, é hora de partir. Temos léguas e léguas de caminho a cumprir.

Não gosto de dizer adeus. Não me despeço de meus companheiros. Partimos os três, tranqüilos, serenos.

Padre Xota quer conversar. Dirige-se a mim e a Diop:

— Esta é uma grande Terra. No futuro, se todo mundo comer todo dia, se todo mundo tiver emprego e se toda criança tiver escola, aí sim, saberemos corretamente nos defender. Fique sabendo, Rosa Maria Egipcíaca da Vera Cruz, eu nunca me senti à vontade naquelas festas do governador de Pernambuco, o Conde de Alegrete, Dom Matias de Albuquerque Maranhão. Que burrice aqueles figurões do reino que ele convidava para discorrerem sobre isso e aquilo. E logo depois, os notáveis da Capitania punham-se a imitá-los, aderindo às suas idéias, submissos, usando as bocas para papaguear os conceitos daqueles basbaques de além-mar que de nosso meio não entendiam nada. Temos que pensar é com as nossas cabeças, e assim resolveremos nossos problemas. As fórmulas dos estrangeiros são deles, não se adaptam aos nossos figurinos.

Vamos caminhando. Padre Xota aponta uma árvore:

— Paramos aqui. Se mordermos as folhinhas dessa jurema temos gotas deliciosas, inestimável beberagem que revigora, depois desta boa caminhada.

Acompanhamos padre Xota. Trincamos folhinhas. Ele tem razão. Parece um filtro mágico. Todo cansaço se vai. Ficamos alguns momentos admirando aquela pequena árvore e outras tantas iguais que se derramam em sebes, impenetráveis tranqueiras, disfarçadas em raminhos diminutos.

Padre Xota aponta:

— Um imbuzeiro com suas flores brancas. O marisqueiro que, quando vem a seca, poreja na casca uma agüinha que se bebe com sofreguidão.

De repente, ventos começam a rodar. Bandos de pombos bravos tumultuam o céu com desencontrados vôos. A temperatura sobe. Sinto-me mal. Um relâmpago corta o ar.

Pergunto:

— Tempestade?

Padre Xota responde:

— Temos meses de viagem pela frente. Se eu tivesse aqui seis pedrinhas de sal, que representariam os seis meses vindouros, teria condições de responder como será o tempo daqui para a frente. De noite eu exporia as seis pedrinhas ao relento e de manhã iria examiná-las. Se todas amanhecessem intactas, vamos enfrentar seca brava; mas se a primeira, por exemplo, se desfizer em um pouco de líquido, é certa a chuva no próximo mês; se isso acontecer com todas, teremos é um inverno benfazejo.

Quero saber:

— Magia?

Ele sorri:

— Ciência.

Padre Xota encosta-se numa alta rocha.

— Descansamos?

Reparo que ele é gracioso, desengonçado, e até diria meio torto. É feio mesmo. Deito-me, longe dele, no chão, a fio comprido. Diop me acompanha.

— Ah, Dona Rosa Maria, se a senhora não se incomoda, eu durmo um pouco.

Fecho meus olhos. Não é que a voz... A voz zomba nos meus ouvidos:

— Rosa Maria Egipcíaca da Vera Cruz, é mais do que claro que você se enganou. Padre Xota rezando missa solene, cantada, que dignidade! Admirável, quando dá a bênção. Mãos extraordinárias passando devagar em todo o seu corpo. Todas as mulheres o admiram certamente. Que perfil! Que cabeça bem-feita! Os paramentos dourados... Por baixo deles, há uma pelezinha tão branca como um anjo do altar.

Arregalo bem os olhos. Levanto-me. Fixo esse olhar no padre Xota. Esta Voz... que eu não sei de quem é... claro que se trata de uma idiota. A aparência de padre Xota é a pior possível. Está de cócoras, numa tola posição instável, com todo o seu corpo suspenso pelos dedos grandes dos pés, que tem unhas sujas e maltratadas. É ridículo!

A voz emenda:

— É adorável!

Sua aparência, é claro, que não me ilude. Levanto-me. Coloco-me bem diante do padre Xota. Ele declara:

— Se for necessário, dou-lhe uma boa surra.

Olho o céu. A nuvem escura sumiu. Diop acorda e se levanta também. Padre Xota convida:

— Vamos.

A voz é insistente:

— Padre Xota é forte, esperto, às vezes guerreiro antigo, exausto da luta. Mas a sotaina é armadura. Veste grosseira de um campeão. Damos tempo ao tempo.

Caminhamos, eu e Diop, atrás de padre Xota. Fico imaginando como seria padre Xota, luxuosamente vestido, cercado de diáconos, incensando em semicírculos o altar da matriz da cidade de Vila-Rica, na Capitania das Minas Gerais. Afinal, o que é que há? Somos gente. E o que manda é o que ordena a natureza.

A voz zomba:

— Beijos furiosos que magoam pela face, pelos cabelos. Renascimento incessante do desejo os lança cada vez mais ávidos nos braços um do outro.

Pergunto aflita ao padre Xota:

— O senhor ouviu, padre Xota?

Ele olha para mim curioso:

— Ouviu? Eu não ouvi nada. Pelo contrário, estou estranhando esse silêncio que nos cerca. Pássaros quietos. Vem alguma surpresa por aí.

A Voz continua:

— Seria a paz desse frade a paz do renunciante, do enfermo? Por que teme ele o seu saudável desejo? Esse homem despojou-se da mais elementar sensatez. Jejuns. Flagelações. A culpa é tua, Rosa Maria Egipcíaca da Vera Cruz. Estarias velha?

Fico realmente mortificada. Penso em responder a essa Voz alguma coisa: "Padre Xota é um chefe verdadeiro, intuição profunda no povo." Mas me calo. Felizmente a voz também silencia.

Caminhamos e caminhamos. Os dias se sucedem. Eu, dentro da minha cabeça, faço projetos. Administração da mina de ouro.

As manhãs são sempre quentes. As noites vão se tornando cada vez mais frias.

Padre Xota avisa:

— Esta região é infestada por cobras. Atenção ao chocalho das cascavéis e cuidado com o ataque traiçoeiro da sussuarana. Vamos andar sempre com um tição aceso na mão, até alcançarmos o grande rio. Depois sossegamos.

Diop se encarrega dos tições. Prosseguimos viagem. Não encontramos cobras. De repente, diante de nós salta um índio.

Padre Xota dirige-se a ele:

— *Renhenhen nhenhengatu rupi* (fale língua boa).

O índio mantém-se silencioso. Apenas com um largo gesto nos convida a voltar. Ficamos quietos. Permanecemos no mesmo lugar. Ele, com um tremendo salto, se embrenha na mata.

Padre Xota caminha para a frente. Nós o seguimos.

De repente descobrimos o rio. Eu e Diop corremos. Padre Xota deixa-se ficar para trás. O rio passeia por um dédalo de ilhas, e ilhotas, recifes, pedras isoladas. O todo é encantador. Numa grande pedra vemos um grupo de velhos de aparência repulsiva. Em outra pedra um diferente grupo, este constituído de homens menos velhos, mas também de aspecto desagradável. Eles declaram:

— Nós discutimos teses públicas acerca das mais diferentes questões.

Diop põe-se a tremer compulsivamente. Está muito frio. Sopra um vento forte. Quem é que está me atirando pedras? Mas são os velhos. Vomito penas de galinha-d'angola. Um dos velhos, com voz esganiçada, risca o ar:

— A ladainha, a jaculatória.

O coro de velhos abafa risinhos. Responde:

— *Xicuembos!*
Sia Vuma!
Xibalo!
Sia Vuma!
Xipocos!
Sia Vuma!
Ku Femba!
Sia Vuma!
Inguavana!
Sia Vuma!

Todos os velhos esganiçam suas vozes.

— A ladainha, a jaculatória.

Um dos velhos, com um risinho debochado, responde:

— Espíritos!
Amém!
Escravo!
Amém!
Fantasmas!
Amém!
Demônios!
Amém!
Prostituta!
Amém!

Os velhos, numa bandeja de ouro, oferecem a Diop frutas e refrescos. Quanto a mim, sou ignorada. Diop come e bebe. Parece-me que ele é a tanto obrigado. Os velhos declinam seus nomes e títulos a Diop e elogiam a extraordinária beleza de adolescente de Diop. Parecem maravilhados com o seu rosto e formas.

Eu me sinto insultada. Digo rispidamente:

— Vocês são dos que preferem adolescentes às mulheres.

Um deles responde:

— O corpo do adolescente foi modelado com perfeição admirável por Kulumba, a Entidade Superior, em detrimento das mulheres, e o meu gosto me impulsiona a preferir, em tudo o que há, o perfeito ao imperfeito.

Retruco indignada:

— Explica-me como poderás provar a superioridade dos homens e sobretudo dos adolescentes sobre as mulheres e as jovens?

— Ora, minha senhora, é tão fácil. Quem tem prioridade, o ser ativo ou passivo? Procuro a perfeição. Nada pode comparar-se com as perfeições de um adolescente formoso. Talhe flexível, finura de membros, gentileza no sorriso, encanto na voz. Observe as cadeiras deste jovem. Elas balançam como a brisa ligeira. Além disso, este jovem me arrebata com o encanto de sua linguagem, maneiras agradáveis, e como é deliciosamente atraente esse buço incipiente que começa a sombrear seus lábios e face. Veja a brancura de seus dentes.

Reajo com insolência:

— Imbecil! Cego pela paixão. O que ele tem são pêlos cobrindo sua face. *Obirin nã gege gbon ki èwa* (a mulher é tão inteligente quanto bela).

Observo com estupor dois velhos sodomitas, acoplados sem pudor entre as formosas árvores que bordam as margens do rio e formando um horrível animal de quatro patas e duas cabeças, divertindo-se com as mais variadas acrobacias retais. Um par de macacos se masturba diante deles. Um papagaio empoleirado no bambu grita: "*Ese, ese* (pecado, pecado)." De repente todos os velhos se organizam em fila. Apoderam-se de Diop, lívido de terror, e desaparecem com ele no meio da água. Massa barrenta, líquida, malcheirosa, desce com estrondo e engrossa e vai inundando ilhas, ilhotas, recifes, pedras isoladas. Eu salto vigorosamente e consigo me livrar daquele desastre. Corro apavorada. Desabo em soluços nos braços de padre Xota, que tudo indica vinha vindo em meu socorro. Longe cruzam-se raios no céu. Padre Xota me carrega em seus braços e gentilmente me deita num leito de folhagens. Fica muito tempo segurando minha mão. Choro sempre. Depois de um largo tempo, padre Xota enxuga meus olhos com a folha da árvore. Mas são mãos tão macias... Com muito carinho vai me dizendo:

— O que você viu, Rosa Maria Egipcíaca da Vera Cruz, foi o seguinte: você e Diop quiseram admirar o grande rio. Você pulou numa pedra. Diop, mais afoito, em outra mais perto do meio do rio. Aquela massa de água escura e barrenta que se derramou de repente chama-se "cabeça-de-água". Um fenômeno que acontece quando há tempestade com chuva muito grossa nas nascentes do rio. Então essa água da chuva com velocidade incrível desce e inunda tudo. Você, mais perto da margem, conseguiu salvar-se. Diop foi vítima infeliz de um acidente. Um terrível acidente. Nada a fazer. Esse estrondo que estamos ouvindo é a cachoeira que está bem próxima. Agora descanse. Eu fico aqui, perto de você, Xirico. Durma, passarinho amarelinho. Durma.

Padre Xota canta para mim palavras mágicas de sua religião.

— *Domine, exaudi orationem meam.*
Et clamor meus ad te veniat
Benedict, anima mea, Domino
Miserere nostri, Domine,
Miserere nostri.

Padre Xota pergunta se quero água. Digo que não, apertando confiante sua boa mão. Padre Xota determina:

— Você ficará deitadinha nesse canto e procurará dormir. Eu aqui perto velarei.

Padre Xota se afasta. Procuro dormir. De fato durmo. E sonho. Vejo cavaleiros enlutados que chegam com mulas carregadas com uma espécie de oficina ambulante, onde se vê toda sorte de coisas para torturar os outros. Há roldanas, cordas, rodas, tornos, fornalhas, arcas cheias de tesouras, pinças de arrancar unhas, ratos amestrados em gaiolas, fura-olhos de bronze, escorpiões em caixas, delicados arranca-nervos finamente cinzelados.

Acordo gritando. Padre Xota deita-se ao meu lado. Abre os braços. Eu me aconchego entre eles. Durmo tranqüilamente a noite toda.

De como Rosa Maria Egipcíaca da Vera Cruz chega à cidade de Vila-Rica, capital e próspera cidade da capitania das Minas Gerais

Padre Xota propõe:

— Você está calma. Vamos rezar por Diop, o pobre pequeno Diop, que sozinho se afogou nas águas do grande rio. Diop sempre tão amável e gentil. Ajoelhe-se, Rosa Maria Egipcíaca da Vera Cruz.

Obedeço. Padre Xota também se ajoelha. Mas não pronuncia uma palavra sequer. Ficamos quietos quanto tempo? Não sei. Sinto-me cansada. Um mosquito impertinente pousa na minha testa. Escuso-me de amassá-lo apenas em homenagem a Diop que respeitava a vida e jamais matava um ser vivo sequer, por menor que fosse. Rezo alto:

— *Olokun a gbe o* (o grande Ser o proteja)! *Ifá a gbe* o (Ifá nos abençoe).

Padre Xota se levanta.

— Rosa Maria Egipcíaca da Vera Cruz, tenho boas notícias para você. Estamos perto de Vila-Rica. Vila-Rica de Nossa Senhora do Pilar de Ouro Preto. Ouro Preto porque as primeiras pedras preciosas aqui encontradas eram escuras por fora. Mais um dia ou dois, no máximo três, se chover... estaremos entrando na cidade. Vejo sinais evidentes de que estamos nos aproximando.

Indago:

— Como assim? Não vejo casas nem os bons sinais. Gado pastando, por exemplo.

Padre Xota é seco:

— As cruzes. Já passamos por duas, e ali se apresenta mais uma. Vila-Rica é também uma cidade violenta. Muitos vassalos não estão satisfeitos com os estrangeiros que os dominam. Se pegam um, agarram-no pelos cabelos, dobram-lhes a cabeça. Exposta a cabeça, a criatura é degolada. Às vezes basta um só golpe. Processo rápido. Vara-se a vítima com facão. A lâmina entra pelo baixo-ventre. Destripamento rápido. Há valentes que disputam essas covardias repugnantes. As vítimas são sempre largadas, enterradas à beira da estrada próxima da cidade.

Padre Xota avisa:

— Vamos enfrentar trecho feroz. O caminho piora. Montanhas negras e ásperas. Ju etê (espinho), segundo os índios. Tem muito espinho. Lembram um peixe, o polvo com milhares de antenas, cobrindo o solo e emaranhando-se por toda parte.

Padre Xota segura uma das minhas mãos. Naquele labirinto de galhos e folhagens, eu pergunto:

— De onde vem você, padre Xota? Quem é seu pai? Sua mãe? Algum fidalgo, ou conde? Um marquês? Sua formação foi de acordo com a sua categoria de príncipe? Armas, estudos humanísticos, etiqueta, cortesia? Passou longos anos nas brilhantes cortes européias? Vai ver que foi convidado a ser pajem de honra de Dom Diogo, filho do rei Filipe II. Com certeza, desde cedo, o seu coração não estava preso à sedução de luxo, das honras, do poder. Eram com certeza tantas as esperanças que tinham depositado no seu primogênito, porque o senhor é primogênito, não é? Um primogênito dotado de inteligência, caráter e tino diplomático. Mas seu pai acabou cedendo e eis você, padre Xota: um religioso.

Padre Xota sacode brandamente os ombros.

— Falarei sobre isso mais tarde.

Ajoelha-se novamente. Abre os braços. Outra vez reza em silêncio. Miro com raiva este lugar. É lúgubre. Olho para o alto. Vejo perfeitamente um esqueleto decapitado, braços pendidos, mãos esqueléticas calçando luvas pretas. Mais além reúnem-se o seu crânio e botas. Constato que padre Xota desperdiça o que há de mais bonito no mundo. O amor de um homem por uma mulher. É claro que esta noite não dormirei. Se ao menos a voz... aquela voz que eu conheço, mas não sei de quem é, me visitasse. Teria companhia. Invoco minha padroeira Santa Rosa Maria Egipcíaca da Vera Cruz. Nada. Invoco a virgem, Santa Rosa de Lima.

Nada. Olho para o alto. Parece-me que ali nunca houve esqueleto decapitado e nem mãos esqueléticas calçando luvas pretas. Procuro-lhe o crânio e as botas. Sumiram.

Deito-me em um canto. Mas não muito longe de padre Xota. Adormeço rápido. Quem me visita é um tal de Antônio José, mencionado por Diop e que era judeu. Ah! mas o que é isso? Encontro-me numa cela apertada com o pobre judeu pálido e abatido. Ele se dirige a mim:

— Minha senhora, isto aqui é um infecto e abominável monturo. Antro de lacraias e ratos. Este colchão que me deram para um...descansar... poderia eu descansar? Isso pertenceu a um infeliz leproso. A justiça do Rei! Escola de Pedro o Cru, rei beato e feroz que vivia da volúpia de torturar, punir, e que mandou arrancar pelas costas os corações dos assassinos de Inês de Castro. Minha sentença é odiosa. Este é o cárcere sinistro da Inquisição. Horrendo tribunal! O réu não pode comunicar-se com quem possa defendê-lo. A golpes de tortura arrancam-se atrozes confissões. O ar me falta... creio que morrerei nesta masmorra de fraqueza e tormento. O meu cadáver será queimado e a cinzas reduzido!

Murmuro:

— Pobre senhor...

Ele, animado com as minhas palavras, continua:

— Quão vis são esses homens. A senhora sabe, Dona Rosa Maria, que os espiões estão distribuídos pela Colônia, e é dever de todos denunciar aos comissários qualquer alteração, por menor que seja? A senhora só deve tomar cuidado, Dona Rosa Maria.

Antônio José toma uma larga respiração.

— Quão vis são esses homens! Como abutres, eles nos despedaçam. Para saciar seu ódio. Mas eu os insultarei de cima da fogueira onde vão me queimar. A minha morte quero que sobre todos eles recaia. Morrer... Quem sabe o que é a morte? Porto de salvamento ou de naufrágio? E a vida? O que é a vida? Um sonho, num barco sem leme? Sonhos entremeados de outros sonhos? Prazer que em dor começa e em dor acaba... O que foi a minha vida e o que é agora? Essa masmorra alumiada apenas, onde tudo se vê confusamente. A escassez da luz aumenta o horror, interrompe o mistério. Eis o que é a vida!! Mal que a luz se extingue, horror e confusão desaparecem. O palácio e a masmorra se confundem, completa-se o mistério. Eis o que é a morte.

Eu, gentilmente, evitando passar perto do colchão que serviu a um leproso, me aproximo de Antônio José, e ele também, gentilmente... quero dizer: nós dois apertamos nossas mãos com muito calor e até bem assustados.

Acordo. O dia explodiu à minha roda. Padre Xota, ajoelhado diante de mim, aperta com calor as minhas mãos dentro das suas.

— Então, então, sonhou com o quê?

Faço um vago gesto.

— Falarei depois.

Ao meu lado há frutas que Padre Xota colheu.

Comemos em silêncio. Depois padre Xota convida:

— Vamos caminhar. Teremos montanhas a subir. Passagens estreitas de rampas altíssimas que lembram túneis. Este caminho, estes caminhos são seguros, contudo. Algumas bandeiras passaram por aqui. Há cheiro de Fé. Elas sempre decampavam assustadas.

Pergunto:

— Cheiro de Fé?

Começamos a caminhar. Padre Xota suspira:

— Nasci no Rio de Janeiro. Meu pai, um homem bom. Pintava quadros para as igrejas. Minha mãe morreu cedo. Eu tinha um ano de idade. Cursei escola. Tive meus estudos. Um dia, de repente, eu estava na rua. Uma rua cheia de movimento. Veio-me um êxtase, uma sensação maravilhosa, a vida me fugia... eu contemplava o senhor Deus. Foi rápido. Logo tornei a mim. Fui eu de novo. Mas, depois daquele instante belo e definitivo, só cuidei de prová-lo outra vez. Resolvi ser padre, com a bênção de meu pai. Procurei um mosteiro algumas léguas distante do Rio de Janeiro. Fui bem recebido. Eis-me frade. Contemplativo. Oração. Silêncio absoluto. Sem dúvida eu provaria aquele êxtase absoluto, morte-vida, antevisão do paraíso. Porém, jamais aconteceu. Alguns anos se passaram. Um dia o frade-mestre ordenou: "Vai, parte. Teu lugar não é este." Obedeci. Fui para o Norte. Vigário numa capela. Ali chegavam humildes retirantes, estropiados pela jornada, fugindo da seca, caravanas de homens e mulheres. Doidos de fome, apavorados com os índios. Eu tinha nos fundos da capela o meu quarto, pequeno cômodo:

um banco tosco, uma rede, o balde de couro para transporte de água, uma bolsa feita de fibra de caruá e ao fundo do quarto o meu oratório tosco com uma Maria Santíssima e um Santo Antônio de madeira. Um dia chegou ao arraial um branco alto, espigado, desmaiou diante da capela. Depois começou a gritar, gemer, e a repetir sucessivos desmaios. As mulheres alucinadas tombavam em contorções violentas, as crianças assustadas desandavam em choro, e invadidos pela mesma aura de loucura os homens ofegantes tremiam.

"Satanás tinha se apoderado daquele homem em algum ponto do caminho. Fiz o que devia ser feito. E o pobre homem livre do maldito se levantou. Tomei-o para sacristão. Deu-se bem no ofício.

"Dali começaram a me chegar os casos e passei com sucesso a exorcizar demônios.

"Vivia sempre a esperar o meu 'êxtase', o meu encontro magnífico, a felicidade total. Infelizmente não aconteceu.

"Jejuns, açoites, todas as privações, fome, calor, frio. Meu cinturão de espinhos à roda dos meus rins e se enfiando na minha carne. Mas um dia... eu sei... sublime êxtase. Existe o paraíso. Eu... só vivo para esse novo encontro com o senhor meu Deus. E o caminho curto e seguro é... só há um... a Fé Cristã.

Súbito aqueles pensamentos me assaltam. Muito vagamente, tenho por certo que devia afastá-los. Impossível. A lembrança vem como aquela força de grande rio que se despejou na formidável cascata. É. São as noites alegres e divertidas com os Amigos nº 1 e nº 2.

Nós quatro: eles, eu e Sinhô. Uniões espontâneas. Nós realmente nos amávamos. Existia grande simpatia. Atração definitiva. Jogos do amor do maior encanto. Eu começava negando o que me era pedido. Fingia que o pudor não tinha desaparecido. Depois me entregava sem nenhum recato. Ardentemente. Eu. Exigindo. Gozando um gozo extremado. Vibrando com todas as fibras do meu jovem corpo.

Meus companheiros gabavam minha sinceridade, constância, firmeza, e minha fidelidade a toda prova e reservada quanto aos segredos postos à minha guarda.

Carícias, meiguices. Beijos. Arranhaduras. O prelúdio. Tudo é permitido. Sem dúvida o beijo sempre era moderado. Afinal as coisas devem vir ao seu devido tempo.

As pessoas instruídas como nós sempre descobriram as maneiras melhores de agir, a fim de retirar do Amor as maiores felicidades. O ideal é reunir com harmonia, força, sutileza, sabendo aplicá-las no momento preciso.

Os Amigos nº 1 e nº 2 nunca chegavam a um acordo. Em nossos encontros eles apontavam e dedilhavam no meu corpo como se eu fosse um instrumento musical, bem-definidas, mil e duzentas e três formas de carícias. Eu sempre dizia que as boas eram as feitas na parte média do corpo e nas coxas, sem desdenhar sem dúvida as que eram feitas com as unhas e com os dentes, no colo ou nos seios. Sinhô, por exemplo, era especialmente habilidoso em fazer com seus dentes ou unhas uma reunião de duas meias-luas sobre o meu umbigo, nas pequenas cavidades que se formam em redor das nádegas ou então nas virilhas. Acredito que uma jovem como eu que se apresentava com sinais sobre os seios, onde se via logo que as marcas tinham sido feitas por unhas de amante, impressionava muito bem. Ai, os lindos poemas que o Amigo nº 2 me dedicava:

"No vale do teu ventre
repouso feliz e contente,
olhando o teu oásis negro...
Cheios e vermelhos são teus lábios
úmidos e macios como a rosa matutina.
Teus seios são longas ânforas morenas,
pejadas, quentes do teu sangue ardente
onde matarei minha grande sede."

Sorrio para o padre Xota. Digo com terna solicitude:

— Eu, que tenho uma mina de ouro, farei construir em Vila-Rica de Nossa Senhora do Pilar de Ouro Preto uma igreja magnífica.

Padre Xota suspira:

— Igrejas? Já as temos de sobra. Com fausto, muita riqueza. E dizer que o filho de Deus nasceu em uma simples manjedoura, cercado por um burrico e ovelhinhas e tendo como berço um amarrado de palhas secas, humildes. E o bispo determina que eu ocupe o cargo de vigário da mais bela. A Matriz de Ouro Preto, com suas grandes colunas da Ordem Coríntia, que se elevam sobre nobres pedestais... Vamos, Rosa Maria Egipcíaca da Vera Cruz.

Padre Xota toma a frente. Eu sigo atrás. Ele, mastigando palavras mágicas:

— *Offero tibi, Deus, cogitanda, ut sint ad te;*
dicenda, ut sint de te:
facienda, ut sint secundum te:
ferenda, ut sint propter te:

Bato palmas. Exclamo:

— *Osùmare* (arco-íris)!

Agradam-me aquelas lindas cores no céu.

Padre Xota aponta:

— Vila-Rica...

Deus seja louvado!

DE COMO ROSA MARIA EGIPCÍACA DA VERA CRUZ SE EMPENHA VIVAMENTE EM SER UM BOM CRISTÃO

Fico espantada com a riqueza da cidade de Vila-Rica. Belas casas. Mulheres trajando o maior luxo, ruas limpas e calçadas com apuro, pontes, chafarizes, lojas e mais lojas vendendo o que há de mais fino no comércio. Fartura.

Padre Xota é recebido com entusiasmo.

— Sabe, padre Xota, tudo calmo.

— Nenhuma tropelia do diabo.

— Satanás mudou-se.

— O diabo deixou-nos em paz.

— Nada de enxotar diabos, padre -Enxota-Diabos.

Padre Xota risonho folga muito com essas notícias.

Um homenzinho magro e muito agitado se apresenta:

— Senhora Dona Rosa Maria? Recebi os pomboscorreios dos dois fidalgos nordestinos, amigos de Dom Diogo Velho Cavalcanti de Albuquerque, e tudo foi feito a capricho. Tem a senhora a sua casa pronta bem abastecida e para servi-la duas escravas dóceis e bem-educadas. Chamam-se Matilde e Engrácia. A primeira, alta, de olhos grandes, mansos. A outra, a Engrácia, de muito riso, mas com juízo na cabeça.

Passa um cortejo de índios emplumados. Empunham arco e flecha dentada. Usam uma tanga de fibra em franja. Levam batoques de madeira que introduziram em perfurações nos lobos da orelha e no lábio inferior. À frente vem sem dúvida um chefe. Índio esplêndido, seguido de outro índio, também de bela carnadura. Desfilam na maior confusão e alarido.

Padre Xota se ri:

— Ah! Será que eles pensam que fazem a guerra? Onde estão as setas lançando bolas de algodão acesas contra nossas ocas e ranchos?

O homenzinho magro se desculpa:

— Dona Rosa Maria, eu, desastrado, na surpresa da sua chegada, nem me apresentei a Vossa Senhoria. Sou Leôncio Correia, um seu criado. Senhor padre Xota, estes índios, todos batizados, assistem à sua missa no próximo domingo, na nossa catedral, a Matriz de Ouro Preto. Que grande pecado, sendo cristãos, incorrem esses dois índios que à frente comandam esta horda desordenada. Imagine, senhora Dona Rosa Maria...

Eu interrompo.

— São cristãos!

Os índios já vão longe. Leôncio explica:

— Armam redes na praça, estes dois pilantras na frente, e nosso governador não diz nada e metem-se aqueles dois que vinham na frente na mesma rede e essa rede se põe a rugir e eles ofegam em trabalho nefando e um diz ao outro em sua língua: "Queres mais?" Que pecado!

Padre Xota convida:

— Para sua casa, Dona Rosa Maria. A senhora deve estar cansada desta longa viagem. Um bom repouso lhe fará bem. Senhor Leôncio, guie-nos até lá.

Mas não podemos apressar. São tantos que saúdam e para dedos de conversa fazem parar o padre Xota que me parece bem longo o percurso até a minha casa.

Enfim chegamos. É uma linda casa, no melhor ponto, com uma bela vista para as montanhas.

Entro. Há vários quartos. Duas salas de banho como no engenho de Sinhô. Uma rica e bem-sortida cozinha, com tudo do bom e do melhor. Minhas duas escravas me saúdam alegremente. O senhor Leôncio me cumprimenta e se declara inteiramente ao meu dispor. Peço-lhe que se apresente no dia seguinte, pois em sua companhia quero visitar alguns notáveis de Vila-Rica. Ele logo aquiesce e se despede com grandes mesuras.

Padre Xota me abençoa e parte para a sua igreja.

Engrácia põe-se a rir. Matilde reprova com seus belos olhos. Eu sou indulgente. Mas quero saber o porquê do riso. Engrácia explica:

— Nós duas fomos compradas do rebanho do senhor governador. E na véspera de nossa saída, à noite, aconteceu uma coisa tão engraçada.

Matilde protesta:

— Engraçada coisa nenhuma. Um belo pecado. Pecado feio de uma menininha de oito anos, a filha mais nova do senhor governador.

Engrácia se espevita:

— Conto o pecado: a garota se chama Maria dos Anjos. Nome malcolocado. Era de noite. A senhora governadora mandou-me ao quarto da menina. Estavam as janelas abertas. Começava a chover forte. Eu devia fechar as janelas. Não é que pego a Dos Anjos com a mãozinha naquela parte que nos distingue dos homens, onde, por uma fricção suave, ela proporcionava prazeres que deviam ser pouco conhecidos de uma meninazinha só com oito anos? E ela gemia. Tinha consciência dessas estranhas e deliciosas sensações, pequeno estágio, até adquirir conhecimento prático sobre os prazeres do sexo.

Digo gravemente:

— Um pecado!

Nesse momento ouvimos uma algazarra na rua. Ordeno à Matilde que vá ver o que se passa. Ela sai e rapidamente volta.

— Senhora Dona Rosa Maria. À sua porta o capataz da sua mina de ouro. Algemado, correntes pesadas e cordas, um escravo, vigiado por dez homens, dez escravos fortes, certamente da confiança do capataz.

Decido logo:

— Vamos ver isso.

Escoltada pelas minhas duas escravas vou à porta de minha casa. O capataz me saúda com grandes demonstrações de apreço nos gestos.

— Senhora, eu não podia esperar. O delito deste escravo é grave. Quero saber se posso levá-lo ao pelourinho. Meter esse réu com baraço e pregão. Corda no pescoço com laçada larga. Bem amarrado no poste do castigo. Lida a sentença, sinal para o homem do açoite. Para abafar os gritos deste maldito já temos preparados os tambores para rufar. Vem chegando gente de toda parte. A multidão cerca o patíbulo. O homem da chibata é bom. O látego vai descer forte, violento, listrando de sangue o dorso e os membros do vergastado. Certamente o poviléu curioso vai berrar: "Bravos, muito bem, com força. Agüenta, o que merecias é a forca." E no final virá o melhor. Este fedorento, que da sua mina roubou ouro e diamante, o melhor diante de toda Vila-Rica, escondeu essa riqueza, introduzindo tudo no seu ânus. Leva em público um clister de pimenta-malagueta para expelir as pedras. O povão delira. Essa lavagem é dolorosa e humilhante e se aplica com brutalidade.

Guardo silêncio. Examino o escravo. Faço uma volta completa à roda dele. O capataz ergue um pé calçado por uma bota e rudemente o abaixa, calcando forte a cabeça do homem. Súbito... Não posso crer no que vejo. Mas ali está. Há uma tatuagem azul, o desenho de uma cobra. Uma cobra muito especial. A marca, o emblema real, que se grava a tinta azul, logo ao nascer, dos legítimos príncipes do Reino de Benim. Meu pai, o príncipe Ginuwa, tem seguramente esse emblema. Vejo. Evidência irrecusável. A custo domino o tremor que me invade. Faço um sobre-humano esforço para dar à minha voz um tom seguro. Mas é com voz rouca que ordeno:

— Soltem esse homem.

O capataz dá um salto para trás.

— Impossível, Dona Rosa Maria. Ele é muito perigoso.

Os outros escravos intimidados recuam. Fico impassível. O capataz atônito ordena que se retirem as algemas e as cordas.

O escravo está livre.

O capataz e os outros escravos demonstram o seu assombro com o meu gesto em exclamações veladas.

Agora cai um sombrio silêncio.

Pergunto ao capataz:

— Qual é o nome cristão deste escravo?

— Galdino, Dona Rosa Maria.

Peço:

— Levanta-te, Galdino.

O escravo se ergue com singular majestade. Eu o reconheço. É o príncipe Kacoumba, irmão de meu pai, o príncipe Ginuwa, filho de Alouma, uma das oitenta esposas de Nowa, meu avô, obá do Benim.

O príncipe Kacoumba me reconhece. Declaro com voz firme.

— O escravo Galdino doravante está apenas ao meu serviço. Vossa Mercê, senhor capataz, vai esquecer tudo o que se passou. Retire-se com os seus homens.

Com um pequeno sinal dispenso Matilde e Engrácia.

Comovidos, eu e meu tio nos atiramos nos braços um do outro.

Depois, com uma grossa malícia, eu me rio:

— Estou pensando como devo proceder para tirar o seu diamante e o seu ouro sem machucá-lo, príncipe Kacoumba.

Novamente nos abraçamos e choramos alto. Matilde e Engrácia voltam, derramam lágrimas e se lamentam em voz alta.

— *Eru obirin* (escrava)! *Eru okunrin* (escravo)!

Respondo:

— *Mo ni owó rekete* (Tenho muito dinheiro)!

Ah! Meu tio, na minha cabeça há idéias! Tudo se fará a tempo e contento. Em um prazo muito satisfatório. Proponho que Matilde lhe prepare um agradável banho que o livrará desse pó e sujeira. Depois eu mesma com muito cuidado retirarei do seu ânus o seu tesouro. O diamante é seu e o ouro também. Seguro meu tio pela mão. Entramos na minha casa.

O príncipe Kacoumba explica:

— Com ele pretendia comprar a minha liberdade.

Respondo depois de ter chamado Matilde e Engrácia para dentro de casa.

— O senhor, meu tio, já a tem. Amanhã mesmo, Leôncio Correia providenciará a sua carta de alforria. O que vou fazer é o seguinte: afasto definitivamente o capataz, e o senhor, príncipe Kacoumba, vai dirigir a minha mina de ouro. Todos os escravos serão alforriados, e os que quiserem continuar assim o farão nas seguintes condições: o ouro que extraírem, metade é deles, e a outra metade é minha. Quero que eles passem então suavemente de escravos a cidadãos deste país. As condições de trabalho serão rigorosamente revistas. Quero renovação do ar nas galerias. Não aceito homens morrendo sufocados ou soterrados. Ninguém me carrega peso além das suas forças. Não admito hérnias ou pneumonias. Fim de castigos. Não há mais escravos fujões que apanhados sofrem perda do tendão-de-aquiles de um dos pés, e que é cortado. E também não se destrói nenhuma artéria do pé de um escravo. Não há barbaridades na minha mina de ouro. Quanto a vocês, Matilde e Engrácia, vocês também serão alforriadas. Não quero ninguém, ao meu lado, na qualidade de escravo. Continuarão a trabalhar para mim se o quiserem e terão uma justa remuneração e horário de lida e descanso e férias em cada tempo de serviço cumprido.

O príncipe Kacoumba enxuga suas lágrimas.

— Ahm... Xirico, as boas normas de Ginuwa, meu irmão querido.

Aconselho:

— Vá, príncipe Kacoumba, com Matilde.

Ele sai na direção da sala de banhos. Eu faço o mesmo com o auxílio de Engrácia e mergulho numa boa toalete, na minha sala de banhos particular.

No banho pergunto a Engrácia quem são os notáveis da cidade. Ela prontamente se dispõe a isso:

— Na minha opinião o homem mais notável é um alferes misterioso, chamado Joaquim José, do Sexto Regimento de Cavalaria Paga, aquartelado em Vila-Rica. Homem habilidoso, tem outras profissões. Tira e põe dentes. Correm rumores... Mas todos têm como certo que é homem limpo de medo, pavor ou tremura. Vale a pena conhecê-lo. Ele faz pouso, freqüentemente, na casa do senhor desembargador Alvarenga, um doutor em leis.

'O outro notável, mas esse é muito difícil. Difícil ir lá ter com ele. Ele se esconde. Trata-se do Senhor Antônio Francisco, filho de um distinto arquiteto. Tem por mãe senhora africana de nome Isabel, escrava do pai do dito Antônio Francisco. Ela foi libertada por ocasião do batismo de Antônio Francisco. Quando jovem, o Antônio Francisco era de gênio alegre, era visto tantas vezes tomando parte nas danças das diversas festas que freqüentava. Esse Antônio Francisco é o maior e melhor artista destas bandas. As igrejas das Minas Gerais todas elas estão adornadas por seus magníficos trabalhos. A senhora, Dona Rosa Maria, poderá vê-los nas igrejas de São Francisco, no Santuário de Nosso Senhor Bom Jesus de Matosinhos, na igreja de Nossa Senhora do Carmo, na de Santo Antônio, e em muitas outras espalhadas por várias cidades.

"De repente ele se viu atacado por uma terrível moléstia. Negligenciou a cura do seu mal no começo, ou pela força invencível do mesmo, perdeu os dedos dos pés, do que resultou não poder andar senão de joelhos. Os dedos das mãos se atrofiaram e curvaram, e mesmo alguns chegaram a cair, restando-lhe somente, ainda assim quase sem movimento, os polegares e os indicadores. Padece de incríveis dores, e é por isso de gênio difícil. Seu humor é tão colérico que chegou certa vez a cortar o próprio dedo, servindo-se do formão com que trabalhava. O seu rosto é hediondo. As pálpebras inflamaram-se e oferecem à vista sua parte inferior. Não tem dentes. A boca é torta, tal e qual como sucede ao pobre coitado ou coitada que sofre do mal de estupor. Como o queixo e os lábios inferiores se abateram, ele nos dá uma impressão sinistra de ferocidade. Encarando-o, a vontade que se tem é de fugir. Seu temperamento é tão estranho que, ao se gabar o seu talento, ele se ri na cara desse que o homenageia e devolve com palavras de ironia e escárnio os elogios que recebeu. Sempre trabalha às ocultas nas igrejas. Não quer ver ninguém. Possui um escravo africano de nome Maurício que trabalha com ele como entalhador e o acompanha por toda parte. É esse escravo que adapta os ferros e o macete às mãos imperfeitas do pobre Antônio Francisco. É curioso como ele é ágil. Tem um certo aparelho de couro aplicado aos joelhos e consegue subir pelas mais altas escadas de carpinteiro. É um homem bom. Divide tudo o que ganha com seu escravo. Será difícil a senhora, Dona Rosa Maria, encontrar-se com ele. Foge de todos. Só anda pela rua se esquivando, escondido num vasto capote de pano preto, gola em pé e cabeção, e usa chapéu vasto de lã parda cujas abas desabam escondendo-lhe o rosto horrendo. Ele tem nomeada pelo valor dos seus trabalhos. É uma glória das Minas Gerais.

Minha toalete terminou. Volto à minha sala. Já encontro meu tio. Parece outro. É agora aquele homem forte e belo que impressionava todas as mulheres no Reino do Benim. Convido:

— Bem, príncipe Kacoumba. Venha ao seu quarto. Deite-se no seu leito... e de costas. Tratarei de... habilidosamente pescar o seu ouro e o seu diamante. Vocês, Matilde e Engrácia, preparem uma boa refeição.

Eu e meu tio saímos da sala. Encontro logo um belo quarto e o destino ao meu parente. Ele se deita e eu passo à delicada operação.

Meu tio porta-se tranqüilamente, e eu, com mãos ágeis, vou tateando aqui e acolá em busca do que procuro.

O príncipe Kacoumba é dócil como um cordeirinho. Não se queixa. Pelo contrário, só louva a minha destreza.

Eu suspiro:

— Que saudade de meus pais, de Derumo, minha avó...

Meu tio me conforta:

— Não se aflija. Seus pais vão muito bem. Estive com eles. Quanto à rainha Derumo, teve um honroso funeral.

Murmuro trêmula:

— Como assim?

— Depois que a rainha Derumo morreu, Nowa, irado, ordenou que ela fosse jogada como lixo na entrada da floresta. Eu e meus irmãos, que ele inexplicavelmente poupara e não nos vendera como escravos, não podíamos suportar essa situação. Partimos, escondidos, em busca do corpo da rainha Derumo, e o nosso projeto era viajar com ele, e no Reino de Ginuwa sepultar minha tia, sua avó, com honras e toda a pompa que ela merecia. Nossa mãe, a rainha Alouma, ficou encarregada de espalhar a notícia de que tínhamos ido à caça do leão para de sua pele fazermos um manto novo para Nowa, que é sempre muito cioso de sua elegância.

"Encontramos o corpo de Derumo. Pasme. Incorrupto. Fragrante. Ostentando toda a sua beleza, bondade e alta inteligência de iluminada. Eu e meus irmãos nos abraçamos, certos de que o privilégio da incorrupção era o sinal do seu altíssimo valor espiritual. Tecemos um grande cesto de folhas de palmeira e aí colocamos o corpo da rainha morta. No rio entramos com ele em um dos barcos de Nowa, com a cumplicidade de bons cidadãos que não aprovavam a afronta que o obá infligia à sua rainha. Descemos o rio. E depois de muita busca fomos parar no Reino de Oió, que se derrama até o norte de outra floresta densa e espessa. O sábio príncipe Ajaká, filho de Oranian, rei de Oió, nos indicou onde era o Reino de Ginuwa. Fomos ter com ele. Derramou lágrimas sentidas. Prestou ao corpo de Derumo todas as honras devidas. Ergueu-lhe um túmulo digno. Oyeomosan e as senhoras da corte dançaram diante desse túmulo a dança ritual, e depois todos nós na praça principal, com o povo reunido, comemos iguarias próprias para a ocasião e louvamos com palavras boas a rainha Derumo. Que Reino tem Ginuwa, que obá ele é! Ali, todos comem muitíssimo bem três vezes ao dia, sabem ler e escrever e há trabalho honrado e digno para cada cidadão. O que me causou pasmo é que o obá Ginuwa, contrariamente ao que faz Nowa, não ordenava a morte do velho incapaz ou do infeliz que se acidentava na guerra ou no serviço dele. Ginuwa tem curiosas máquinas, eu não sei como se equipou, não houve tempo suficiente para me inteirar, nós ainda íamos à caça de um leão, e que superdotadas, magicamente estão a ser de quem é velho ou de quem se acidentou e que são por eles comandadas a distância e se encarregam dos mais variados serviços. É fantástico. Meu irmão chama essas máquinas de 'melhor amigo do homem'. É um ser com uma cabeça estranha, tendo lá dentro um maquinismo e possuindo mãos que com extrema precisão se encarregam de tudo. O velho protegido, o doente amparado têm essa máquina tão extraordinária inteiramente à disposição. Ela, a máquina, realiza tarefas que poderiam matar um homem. Cavam túneis perigosos, transportam fardos, e com suas mãos afiadas constroem casas, atendem feridos. Maravilhoso! Os reinos vizinhos sabem que Ginuwa tem dessas máquinas, que podem virar soldados. Respeitam. Não há guerras.

"Partimos dali a contragosto. Ginuwa e Oyeomosan, em lágrimas, só falavam em você, Xirico, e tinham como certo que Nowa a vendera como escrava. Eu não sabia onde estavas. Chorava com eles. Meus irmãos soluçavam. Tristes despedidas. Ginuwa queria nos reter com ele. Como? Impossível! Nowa, cruel, despejaria sua cólera em nossa mãe, a rainha Alouma. Fomos à caça de um leão. Trouxemos pele soberba para o obá do Benim. Não contamos com a esperteza de nosso pai. Logo que saímos ele foi consultar Ogifa, oráculo do Reino, e este contou toda a verdade ao obá nosso pai.

Mal chegamos, usou o seu privilégio de vender este ou aquele cidadão do Benim, independentemente de sua posição e privilégios. Fomos vendidos. Eu e meus irmãos. Não viajamos na mesma caravela. Nem sei deles. A viagem é aquela maldição. Vomitei, confesso, com aquela sujidade. A fedentina se espalhando. Bodum de excremento humano. Penei com fome e sede. Fui comprado por esse capataz no mercado do Rio de Janeiro. Agradeço a Kulucumba, a Venerável Entidade Superior, a graça que me concedeu: Nowa poupou a rainha Alouma, minha mãe.

"Minha linda Xirico, tens um irmãozinho, e eu um sobrinho. Oyeomosan deu à luz um menino. Chama-se Ijigen. É robusto, forte. Parecido com Ginuwa mas com a beleza de Oyeomosan. Está sendo educado respeitando o ser humano. Será grande rei.

Exclamo triunfante:

— Príncipe Kacoumba, eis o seu diamante e o seu ouro.

Reúno tudo numa vasilha e entrego o tesouro a meu tio. Ele se levanta. Eu caio nos seus braços, em lágrimas, e choro por muito tempo a falta de meus pais, a morte de Derumo e toda a saudade que enche o meu coração. Ficamos assim abraçados, até que Matilde e Engrácia nos chamam para uma ceia. Perdi a fome. Acompanho contudo meu tio à sala e nos sentamos à mesa. Convido as duas moças, Matilde e Engrácia, a compartilharem de nossa refeição. Elas agradecem mas pedem reiteradamente que as deixem apenas com a tarefa de nos servir. Concordo. Bebo só um pouco de vinho, mas meu tio atira-se com disposição a comer e beber com palavras que tais: "Glória a Kulucumba, que nos permitiu esse momento feliz"; "Bendito o nosso encontro, bela Xirico", "Louvo e louvarei sempre Kulucumba, a Venerável Entidade Superior"!

Peço licença a meu tio para me retirar. Dispenso os cuidados de Matilde e Engrácia. Elas ficam em companhia de meu tio e por um largo tempo ouço risadas e até cantoria:

— *Mame Daffane!*
Lô di dass?
(avó afetuosa!
Que estás tu afiando?)

Durmo profundamente.

Quando acordo, pela janela entra um sol bonito. Matilde e Engrácia estão aos pés da minha cama. Fala a primeira:

— Trago a sua refeição?

Fala a segunda:

— O senhor Leôncio já chegou. Pronto para acompanhá-la às suas visitas.

Visto-me rapidamente. Dispenso a refeição. Corro a ver Leôncio.

— Com os meus bons dias, senhor Leôncio. Peço-lhe que providencie cartas de alforria.

Dou todas as minhas instruções. Alforria para meu tio. Alforria para todos os escravos da minha mina de ouro, alforria para Matilde e Engrácia. Leôncio arregala os olhos. Não discute minhas ordens. Eu elogio a casa, minhas roupas novas, a cozinha bem sortida. Leôncio se levanta e se inclina com grande mesura diante de mim.

— Só cumpri ordens dos senhores fidalgos nordestinos. Grandes fidalgos. Gosto apurado. Alta distinção. Seus amigos, senhora Dona Rosa Maria.

Eu completo:

— Mais do que amigos, senhor Leôncio. Preciosos amantes. Disputavam meus abraços. Só se esmeravam em me agradar. Abraços! De simples contato. Seus corpos agarrados ao meu. Nós nos estreitamos uns contra os outros. Roçando corpo a corpo. Abraçar, apertando meu corpo contra o muro. Eles se enrolando em mim como se fossem cobras ou como a escalar um tronco de árvore. Deitaram-se comigo! Abraços estreitos. Membros se confundindo à moda de cipós entrelaçados. Esqueciam-se do mundo em meus braços. Formávamos um só corpo. Mistura de leite com água. E a massagem? Não é um belo abraço? Tão agradável o momento de agir. Que maestria nos assuntos de volúpia, cada um seguindo os ditames de sua própria inclinação...

O senhor Leôncio de novo abre, desmesuradamente, os olhos. Encara-me boquiaberto. Eu me pergunto: "O que é que deu nesse homem?" Sinto-me absolutamente calma. Traço planos:

— Bem, às nossas visitas! Procuro um tal de senhor Alferes que me gabaram muito.

Leôncio hesita:

— Ah, minha senhora, indico-lhe nomes mais seguros. Nós, em Vila-Rica, vivíamos muito bem. Eu, pelo menos. Chegou esse tal de Joaquim José e logo se seguiu muito vaivém. Conversas. Reuniões aqui e acolá que não prenunciam nada de bom agouro. Por enquanto o senhor governador está quieto. Sei lá. Não lhe aconselhou o padre Xota recato e prudência nesses campos perigosos de política? Esse alferes é homem de sonhos. Quem controla os sonhos? Fala que o ouro e o diamante estão saindo para o exterior, alimentando o apetite incansável do estrangeiro. E que é mister se consertar isso. Não nego que o Alferes seja homem de saber. Sempre recebi com desconfiança o muito saber. Vira desastre. Confesso que vez por outra tenho vagos desejos de concordar com o alferes, já que o que ele relata ninguém contesta. Porém esqueçamos esse Joaquim José em nome da prudência.

Insisto:

— Vamos a ele. Onde se encontra? Na casa do Desembargador Alvarenga? Esse homem que põe e tira dente, em sendo concomitantemente um militar me interessa. Quem é o Desembargador Alvarenga?

Leôncio me parece extremamente embaraçado.

— Vá lá, minha senhora. O doutor Alvarenga faz versos.

"Suave fonte pura,
Que desce murmurando sobre a areia,
Eu sei que a linda Glaura se recreia
Vendo em ti de seus olhos a ternura;
Ela já te procura;

Ah! como vem formosa e sem desgosto!
Não lhe pintes o rosto;
Pinta-lhe, ó clara fonte, por piedade,
Meu terno amor, minha infeliz saudade."

"O doutor Alvarenga é fazendeiro abastado, dono de engenho de cana, de mina de ouro com lavras sem conta. É esposo de uma grande senhora: Dona Bárbara Heliodora, que além de bela é muito dedicada ao seu esposo, à sua prole e por que não dizer... a esta terra.

Bato palmas.

— Muito bem. Lá irei primeiro. Depois seguimos em busca de um tal senhor por nome Antônio Francisco, que é escultor conceituado.

Leôncio coça a cabeça.

— Ah! Dona Rosa Maria, isso é mais difícil. O Aleijadinho não é de visitas. Mas quem sabe... a senhora me parece determinada. Conheço o sítio onde regularmente se demora mais tempo. Iremos lá. Se tivermos sorte... Não sei se ele se encontra em Congonhas todo dedicado a talhar grandes estátuas de profetas para o Santuário do Bom Jesus de Matosinhos.

Ordeno:

— A caminho.

A casa do doutor Alvarenga não é longe. No caminho fico pensando se essa conspiração cujo cheiro no ar eu sinto se aborta. Se essa idéia de propor uma pátria sem domínio por falta de fé ou de verba em ouro ou pedras preciosas não chega a termo, o que é que acontece? Mas meus pensamentos se interrompem.

Chegamos à casa do doutor Alvarenga e de sua esposa, a senhora Heliodora.

A casa fechada. Estranho. Depois de bater um sino duas vezes e de reparar que Leôncio, nervoso, esfrega as mãos, aparece-me uma pequena escrava que questionada nos responde:

— Eu sou Débora. A senhora e o senhor mais todo mundo, eles estão no engenho.

Reparo que Leôncio parece aliviado. Agradecemos a Débora e nos retiramos. Timidamente o meu companheiro pergunta:

— Ao Aleijadinho?

Confirmo:

— Sem dúvida.

Pela rua Leôncio me instrui.

— A senhora, Dona Rosa Maria, vai à missa no domingo?

Balanço afirmativamente a cabeça.

— Sem dúvida. E na igreja de padre Xota.

Leôncio aprova.

— A presença à missa dos domingos é obrigatória para todos, inclusive para os escravos pertencentes a senhores que não têm capelas, ermidas com padres titulares em suas terras. A lista dos paroquianos é lida pelo sacerdote. Fiscalizando a pontualidade dos fiéis. O Santo Ofício atento não perdoa. A senhora sabe, esse Tribunal é terrível. Ninguém se atreve a desobedecê-lo. Há muitos espiões distribuídos por esta Colônia, e é dever deles denunciar aos comissários qualquer falta por menor que seja.

Asseguro a Leôncio.

— Por nada deste mundo faltarei à missa de padre Xota.

Leôncio alisa seus ralos cabelos.

— E tem mais. É a desobriga anual da confissão e comunhão pela Páscoa. E ela, a Páscoa, se aproxima.

Fico pensativa. Sem dúvida não vai ser nada fácil. Como? De que maneira posso confessar a padre Xota que estimaria muito dormir com ele?

Leôncio anuncia:

— Eis a toca onde se esconde esse que foge de todo mundo. O dono da casa é um certo Sebastião. Passa por curandeiro das doenças que se apanham no amor fácil das negras de ganho no bordel. Depura sangue. Alivia reumatismo. É ajudado no seu mister por duas filhas, também boas de curar e que conhecem as plantas que acalmam feridas, febre, doenças de barriga, verme, solitária ou sei lá que mais.

Leôncio bate vigorosamente na porta da casa. Choça humilde, arruinada pelo tempo. Uma jovem nos atende e nos convida a entrar. O chão é de terra batida. Estamos numa pequena sala e há duas filas de bancos toscos, encostados na parede. Somos convidados a sentar. Aparece outra jovem. Ela nos oferece em duvidosos copinhos uma bebida verde. Aceito. Com surpresa, descubro que é muito boa. Indago:

— Onde está o senhor Aleijadinho?

Surge uma terceira jovem. Explica:

— Durante muito tempo dormiu aqui. Procurava

alívio para uma tosse renitente. Nós lhe dávamos manjericão em chá. Melhorava. Mas os outros doentes que nos procuravam descobriram que ele aqui pousava. Então... simplesmente ele desapareceu.

— Providencie, senhor Leôncio, as cartas de alforria.

Vou logo determinando. Aviso também que o esperarei, depois, em minha casa. Leôncio parte alvoroçado. Acredito que alforriar todos os escravos faça confusão em sua cabeça.

Quanto a mim, vou andando despreocupada. Descubro uma pequena igreja, no meu caminho.

Entro. Admiro a beleza dos dois púlpitos, o chafariz da sacristia, as imagens das Três Pessoas da Santíssima Trindade e dos anjos que se vêem no cimo do altar-mor. O teto me agrada. Todo em flores. Nunca vi teto de igreja tão bonito. Açucenas com hastes, caindo lânguidas como se estivessem prontas para serem amadas por nuvens de bem-te-vis.

A igreja está deserta. Apenas um padre jovem no confessionário. Ele percebe minha presença. Vem ter comigo.

— Quer confessar-se?

Respondo embaraçada:

— Assim que tomar alento, volto. Aguarde-me.

O jovem padre se apresenta:

— Sou o padre Tomás.

Faço-lhe uma pequena vênia. Escapulo.

Acerto o caminho. Eis-me em casa. Encontro o príncipe Kacoumba em excelente disposição. Logo percebo que o motivo é a presença de Matilde e Engrácia, que se esmeram em agradá-lo. Aprovo. Meu tio confidencia:

— Já vi muito da vida. Preparo-me contudo para um futuro bom e cheio. Pleno como a lua.

Remexe-se um pouco na cadeira, tentando assumir uma atitude solene.

— Essas moças, essas moças, Matilde e Engrácia.

Digo:

— Estou muito contente por vê-lo em boa saúde, tio. O senhor tem a força de um boi. Se quiser casar tem que escolher uma só. Ou Matilde ou Engrácia. O senhor é muito bonito, príncipe Kacoumba.

Meu tio me olha cautelosamente.

— Os jovens sempre têm palavras de lisonja para os velhos.

Contesto:

— O senhor está muito longe da trêmula velhice.

Meu tio sorri.

— Você tem sempre a cortesia da corte real, onde se criou.

Almoçamos alegres e descontraídos, e desta vez temos Matilde e Engrácia em nossa companhia. Louvo a galinha assada em molho de laranja. Meu tio passeia os olhos das cadeiras largas de Matilde para a cintura estreita de Engrácia. Das coxas de uma para os tornozelos finos da outra. Eu brinco com o colar de caracoizinhos de marfim, presente do nº 1 ou do nº 2, não sei. Lá fora, pela janela, brilha uma esplêndida manhã. Que ar leve e purificado têm essas Minas Gerais. O príncipe Kacoumba demora o olhar nos peitos firmes das duas moças, desenvolvidos, e que transportam o corpo delas como uma flor aberta pronta para a polinização. Ambas têm um certo ar envergonhado de jovens do campo, mas olham para ele com muita admiração.

Subitamente a porta se abre e entra muito assustado o senhor Leôncio. Segue-o um rapaz com um grande cesto de papéis.

Leôncio grita:

— Senhora, Dona Rosa Maria! Aconteceram coisas!

Convido.

— Venha almoçar. Sente-se. O seu amigo também pode se juntar a nós.

Leôncio parece aterrado.

— Impossível. Nem um de nós pode comer depois do que viu. A cidade está em polvorosa. Todos murmuram que um caso assim nunca se passou. Eis as cartas de alforria. De Galdino, quero dizer, do príncipe Kacoumba, de Matilde e de Engrácia e de todos os escravos das suas minas. Seu gesto, considerado um escândalo, desculpe-me minha senhora, mas um procedimento destes jamais se viu em Vila-Rica de Nossa Senhora do Pilar de Ouro Preto.

O príncipe Kacoumba se levanta. Estendo a Leôncio minhas duas mãos para receber as cartas de alforria e imediatamente assiná-las. Matilde e Engrácia se ajoelham. Exclamam:

— *Jare, jare* (direito, justiça)!
Dupe, dupe (agradecer, agradecer)!
Ariya (festa)!

Ambas põem-se a dançar a graciosa e bonita dança do obrigado. Assino as cartas de alforria com a pena e a tinta que o senhor Leôncio trouxe, e, é claro, demoro especialmente, é um longo tempo, assinando as cartas dos escravos da mina. O príncipe Kacoumba não esconde suas lágrimas. Leôncio parece mais calmo. Seu ajudante pede um copo de água. Sirvo-lhes vinho. Gostam. Nós também bebemos. Matilde e Engrácia se jogam aos meus pés. Eu as levanto com boa amizade.

Tudo mais calmo. Fico querendo saber então o que será que houve.

— Senhor Leôncio, o que é que o senhor viu?

Leôncio desaba numa cadeira.

— Com a sua devida licença.

Nós nos sentamos todos. Ordeno:

— Fale, senhor Leôncio.

Ele não se faz de rogado.

— Satanás está solto. Voltou o diabo! Nós fomos à casa do doutor Alvarenga e de Dona Bárbara Heliodora em busca do senhor alferes Joaquim José que a senhora queria conhecer, visitar. A casa vazia. Todos se encontravam no engenho de açúcar do doutor Alvarenga. Atende-nos a escrava Débora, a única que ali ficara. Mal saímos, deu um ar, digo, chegou o Demônio e ali se instala na coitada. Passou a quebrar tudo. Na sala, os móveis de Dona Bárbara. O belo sofá de jacarandá. A arca finamente cinzelada. Não escapou nada. Ao mesmo tempo berrava:

...Olha o sapo dentro do saco
O saco com o sapo dentro.
Eu sou um sapo
O sapo batendo papo
E o papo soltando vento.

"Socorro! Olha o sapo! Verde, fedorento! É noite... estou no mato. Bluffr! Neblina grossa. Precisa ter cuidado. Mulher que passa perto de sapo? Buchada. Arruma filho de sapo. Vai nascer. Meu filho é meio gente e meio sapo. Dou à luz um monstrengo. Eu o mato! Não quero filho meio gente meio sapo. Eu me abaixei no mato. O sapo entrou por baixo!

"Depois, Débora pegou um tição aceso e quando ia pôr fogo no salão chegaram os vizinhos com o padre Xota, que se encarregou de expulsar aquele que tinha tomado conta do corpo da pobre Débora.

"Mal aquilo se acalmou. Novamente correm outros em busca do padre Xota. Desta vez o rebuliço era na casa do Sebastião, que tantas vezes deu abrigo ao Aleijadinho. Da boa escapamos. Estivemos lá uns poucos minutos antes desta confusão de demônios.

"Padre Xota se houve muito bem. O que se passou é que o Sebastião e suas filhas começaram a ser atormentados por misteriosos golpes nas paredes, objetos voadores e pedras arremessadas contra o telhado, e tudo sem nenhuma boa explicação. Iam começar sua refeição do meio-dia. Passaram fome. Todos os alimentos apareceram misturados com esterco de porco. Credo! Uma coisa nauseabunda. As infelizes moças daquela casa, e elas são nove ao todo, apareceram com manchas roxas em todo o corpo. Tinham sido espancadas por varas e paus que ninguém brandia. Duas delas foram unidas por meio de nós nos cabelos. Outra não parava de vomitar penas de galinha. Padre Xota sabe lidar com estas coisas do demo. Ao chegar, nem fez caso da chuva de pedras que desabou sobre ele quando ele chegou. O Demônio faz das suas! Padre Xota, ele entrou com o rosário, as preces, a água benta, os ritos, uma porção de sinais feitos com a cruz de Cristo, e as palavras fortes: 'Eu te exorcizo, espírito maligno. Retira-te em nome do Pai, do Filho, e do Espírito Santo. Cede o teu lugar ao Espírito Santo, pelo Sinal-da-Cruz.' Os possuídos num determinado momento ficaram terrivelmente agressivos, agrediram padre Xota com mordidas e golpes, uma das moças vomitou verde, mas... de repente tudo acabou. A calma se instalou. Todos se ajoelharam e rezaram juntos a bonita oração: Padre Nosso que estais no Céu.

— Ah — digo eu. — Felizmente então.

Leôncio me interrompe:

— Tem mais. As estripulias do Diabo não pararam por aí. Veio outra situação impossível. Grave, muito grave. A senhora Dona Rosa Maria, não sei se botou sentido, há uma pequena igreja, não muito longe da pequena casa do curandeiro Sebastião e suas filhas e cujo vigário chama-se Tomás. É igreja bonita. E esse é padre de grande nomeada e conceito por suas virtudes e zelo na religião. Pois bem. Não é que de repente ele se põe nu, pendura a batina à porta da igreja e lá se vai calado, com os dentes cerrados, soprando como um bicho, cometer as maiores torpezas da terra. Os santos de sua igreja devem ter espreitado e cochichado que nunca viram tal coisa tão estapafúrdia. O dito padre entrou na mais famosa casa de negras de ganho. Dormiu com todas elas. Elas folgaram muito. Ele lançou patéticos zurros, ofegou como os porcos, surrou algumas e lá se foi, dançar e cantar na principal praça de nossa Vila-Rica. Veio gente de todo lado ouvi-lo:

"Sou Rei do Congo
Quero brincá:
Cheguei agora
De Portugá
Quemguerê oia congo do má
Gira Calunga
Manu que vem lá
Mala quilombé, ó quilombé
Tatarana, ai ouê."

"Padre Xota, imediatamente convocado, acudiu já com a batina debaixo dos braços, para cobrir a extravagante nudez do padre Tomás. Trabalho terrível para expulsar aquele demônio. Ou seriam vários Diabos?

"Senhora Dona Rosa Maria, essas tropelias de Satanás não aconteciam em Vila-Rica há muitos anos. Agora, num só dia, a pequenos espaços de tempo, uns encadeados nos outros, eis que surgem três malditos desencontros. Aguardo suas ordens. Levo à sua mina as alforrias?

Respondo:

— Sim. Desejo-lhe boas-tardes, senhor Leôncio. Nós nos encontraremos amanhã na missa solene do padre Xota, na Matriz de Ouro Preto.

Leôncio e seu auxiliar me cumprimentam e abalam decididos. Vão levar a boa-nova à minha mina de ouro.

Anuncio:

— Vocês, Matilde e Engrácia, irão comprar na melhor loja de fidalgos roupas adequadas para o príncipe Kacoumba. Quero que ele seja o mais elegante na missa de amanhã. Para vocês, escolham na loja de senhoras vestidos, sapatos, o todo necessário a fim de se apresentarem belas ao lado de meu tio. Quanto a mim, fico com os meus mantos doirados. Deles tenho bom sortimento na arca do meu quarto. Prefiro a moda feminina do Benim.

Matilde e Engrácia saem alvoroçadas. Logo depois, eu também. Uma saudade me aferroa. Afinal, não posso assim passar tanto tempo sem ver o padre Xota. Aviso a meu tio que vou rezar na Matriz de Ouro Preto. O príncipe Kacoumba refugia-se no jardim. Já descobriu uma rede, à moda dos índios, embaixo de uma latada de trepadeiras com flores miúdas. Embala-se na rede. Eu saio.

Da minha casa à Matriz o trajeto é rápido. Entro na igreja pela porta dos fundos. É a sacristia. Logo vejo o meu querido padre Xota. Constato que realmente ele é bonito. E que dele se emana uma distinção toda especial. Há a seu lado outro padre. Esgueiro-me atrás de uma cômoda. Eles não se dão conta da minha presença. Para mim estão os dois bem perto, em plena luz, diante de uma janela.

Ouço padre Xota.

— Sim, mandei chamá-lo, frei Alberto. É grave. Tudo indica que nesta cidade desabará uma epidemia. Três casos de endemoniados num só dia. Outros casos virão. Tenho como certo. Sozinho não dou conta. Sei que o senhor tem prática de exorcismo. Mandei chamá-lo. Não o conhecia. Estou em apuros. Confio na sua fama. Elogiada por tantos. Expressamente peço a sua ajuda.

Frei Alberto, com o seu vasto lenço, apesar do ar fresco, sua muito. Enxuga a face que me parece boa.

— Ah! padre Xota, o senhor nem sabe. Dificuldades. Conto-lhe minha vida. Sou português, natural de Vila de Guimarães, no Minho. Pertenço ao Convento de São Domingos de Lisboa. Mandaram-me para o Brasil, na qualidade de vigário geral dos dominicanos nesta terra. Durante dez anos, fui missionário pelo sertão da Bahia. Observei logo que os moradores tinham o costume de usar feitiços e eram eiros e vezeiros em visitar os feiticeiros, quase sempre negros e mestiços que praticavam na calada da noite mandingas e calundus. O poder eclesiástico tem jurisdição para mandar açoitar e degredar feiticeiros. Mas eu sempre usava de cautela, já que os feiticeiros e os enfeitiçados, todos para mim, são uns pobres coitados. Bastava-me exortar os fiéis no confessionário a fugir dessas tolices de mentes fracas e mais carentes de boa comida e ares frescos. Mas começaram a surgir tantos endemoniados que achei de bom alvitre em vez de deixá-los nas mãos dos feiticeiros, o que era um perigo, pois transferia muita força política para a mão deles, resolvi eu mesmo defender os fiéis daqueles negros, apresentando-me como expulsador de demônios. Para facilitar as coisas, naquelas terras tão rudes, confins do mundo, usei as práticas costumeiras dos mandingueiros e calunduzeiros. Trocando em miúdos: adotei simplesmente o sincretismo religioso. É claro que me socorri do livro de exorcismo do padre Remígio e cumpri rituais desse vade-mécum. Passei a ter um extraordinário sucesso e nossa religião somou um imenso rebanho de fiéis, a que eu, mais tarde, ia abrindo os olhos. Recorreram a mim todas as pessoas que sentiam galopes no coração, picadas pelo corpo todo, as que não tinham sono, desenganadas de remédios. Deslizava eu no seguinte procedimento: um dia inteiro de jejum para o atormentado, ou mais, se tinha força, recomendando também que a família inteira jejuasse junto. Não nego. Pedia esmolas para a Igreja. Afinal das contas, eu também devo comer. Sou de carne e osso. São Paulo nos ensinou que todo operário é digno do seu salário. E quem somos nós? Os operários de Deus. Praticava o exorcismo, vestido com a estola, a sobrepeliz. Benzia água e sal. Aspergia no doente. Ele, com vela acesa na mão. Eu, sempre no caminho do padre Remígio, perdia-me em orações. Às vezes pedia peça de roupa do suplicante. Calções, por exemplo. Aí, vinham as surpresas. Costurado, cozido, escondido, descobria os feitiços. Bichinhos espalhados, empalhados, bonecos, dedinhos de criança morta. Mandava queimar tudo e deitar no rio. Dava certo. Ninguém recorria mais aos negros boçais, aos mandingueiros e calunduzeiros. Muitos se curavam logo, porque não tinham mesmo nada. Os que não se curavam, eu logo lhes dizia que o que andava faltando era Fé. O orgulho me perdeu. Querendo acabar de vez com os mandingueiros, acabei aderindo aos seus próprios remédios. Passei a permitir amuletos, bentinhos, espinhas de peixe, que sei mais... e tudo colocado embaixo das camas ou em areia solta na sala, além de peles de animais. Mil imundícies. Minha ânsia de fazer crescer meu rebanho de fiéis era tanta que não hesitei em copiar os pajés. Decentemente vestido, com a minha batina negra, já que a nudez é contra nossa Fé, dançava como os índios. Por cima das minhas roupas de padre, o colete dos uma uá e na cabeça a plumaria dos mundurucus. Só não me atrevi a exibir na mão um troféu: a cabeça de um morto. Como é sabido que os simples têm medo da faísca elétrica, e que é Tupã, o raio me ajudou. Bailei, erguendo os braços ao sol e o mesmo fiz com a lua. Eu admiti a existência de gênios benéficos e os pavorosos, isto é, o caapora, ora menino ora gigante, a cavalgar um tapir ou caitetu, taciturno, e todo coberto de longos pêlos negros. Ai de quem o encontrasse: mal havia de lhe sair quanto empreendesse.

"Ah! senhor padre Xota, estou bem assustado. Os espiões estão soltos nesta Capitania, e é dever de todos denunciar aos comissários do Tribunal da Inquisição qualquer alteração, por menor que seja.

"Do que eu me arreceio é tão-somente do fato de que os meus exorcismos não seguiram as regras, o ponto de vista da religião, e aquele figurino proposto por Roma. Serei eu indiciado no Tribunal do Santo Ofício? Se tiver sorte, o melhor é ter meu procedimento arquivado na Torre do Tombo. Estou preocupado. E se for denunciado como herege? Tremo... Suo... Estou apavorado. Queimam-me na fogueira? Ai,ai,ai.

"Amo a Fé cristã. O meu intuito era só engrossar o povo de Jesus. Depois, com o tempo, como os escolares que à medida que progridem nos estudos, eu ia a pouco e pouco melhorando-lhes a leitura de nosso credo, e no final, quem sabe, seriam eles bons cristãos.

"Será que os Inquisidores me tratariam com misericórdia? Vão me fazer confessar? Confessar o quê? Teólogos darão pareceres. Encontrarão erros na minha conduta? Citarão um rol de doutores bíblicos e doutores da Igreja. Ficarei confuso com a papelada. Ai, padre Xota, eu sofro tanto.

Padre Xota leva algum tempo a responder.

— Senhor frei Alberto, tomo tudo o que me revelou como segredo de confissão. E estamos conversados. Preciso do senhor. Insisto em dizer: vai haver epidemia. Demônios a granel soltos por aí. Em caso assim extremo vale tudo. Ajude-me. Limite-se a seguir o livro de exorcismo do padre Remígio. É manual de confiança. Plenamente aprovado pelo Tribunal da Inquisição. O senhor leva jeito neste ofício. Não posso dispensá-lo. Vamos os dois. Há um caso muito difícil, carecendo não de um, mas de dois exorcistas. Trata-se de uma senhora da mais pura aristocracia. Descende do filho mais velho do célebre conde de Barcelos. O senhor já está a ver que é linhagem! Pois bem. A infeliz em trajes de defunto, rodeada de muitas velas acesas, no grande salão do seu palacete, deitada no chão, pernas bem abertas, grita que copula com muito gosto, sem parar, com Satanás. E que ele, o Diabo, é um mancebo formoso de olhos verdes mais preciosos que a mais rica esmeralda de todas as Minas Gerais e que mama nos seus peitos para deleite dela.

Mão forte puxa um dos meus braços.

— Sou o sacristão. Por que se esconde aí?

Quando eu me viro e o encaro, ele se desmancha em desculpas. Muitos salamaleques. Açúcar demais, pronunciando as palavras.

— Mil perdões, mas eu não sabia. Oh! meu Deus! Dona Rosa Maria. É a senhora? A dona da mais próspera mina da Capitania?

Faço-o calar-se.

— Chut. Não perturbemos os senhores padres. Eu só vim aqui para rezar.

— Pois venha, então. Eu lhe trago um confortável genuflexório. Com almofada de brocado.

Recuso.

— Não é preciso. Ajoelho-me em qualquer banco.

— Pelo menos nos primeiros que são reservados às pessoas de muita qualidade.

Entro na igreja, seguida por aquele indesejável cidadão. Mas acabo me reconciliando com ele, ouvindo-lhe as amplas informações.

O Aleijadinho trabalhou aqui. Que homem extraordinário. Dá-nos grandes lições. O trabalho de equipe. Nos recibos só assina assim: "Eu e mais os oficiais que comigo trabalham, recebemos trezentas e cinqüenta e cinco oitavas e três quartos e seis vinténs de ouro procedidas as faturas das imagens..." E tem mais: ao desistir do mármore que não temos, só trabalha com a pedra-sabão que possuímos com abundância. É a lição: Adaptar-nos à nossa realidade brasileira. Mas para mim a melhor lição é o fato de, doente como ele é, perseverar no trabalho com tenacidade e obstinação.

Concordo plenamente.

O sacristão passeia comigo pela nave.

— Observe, minha senhora, a distribuição dos corredores. Os arcos da ordem compósita, janelas, óculos e barretes da capela-mor que descansam sobre quatro quartões de talha, capitéis e cimalha lavrada. Que beleza! Que desenho tão bem-pensado.

Admiro tudo. Sorrio. Peço licença para orar. O sacristão tão obsequioso se retira. Desabo num banco qualquer. Ajoelho-me e de mãos postas confio a todos os santos deste belo templo o que me vai no coração.

— Sem dúvida o meu desejo é o de ser um bom cristão. UM BOM CRISTÃO! Mas estimaria muito ser venerada como uma santa, já, e não somente depois de morrer. Com o aval explícito de todos os padres. Padre Xota na cabeça dessa procissão. Gostaria que a minha saliva fosse utilizada na confecção de bolinhos milagrosos, que seriam disputados a peso de ouro pelos fiéis, todos os fiéis. Soror Jacinta, uma ex-escrava, ah!, fundarei como ela um convento, ou seria melhor um recolhimento de mulheres pecadoras que se arrependeram e não têm onde morar. Sem dúvida para mostrar minha humildade eu varrerei o chão desta igreja. O coração de Jesus trocado com o meu e nenhuma alma subirá aos céus sem o meu crivo. Deus fez da Nossa Senhora a "Mãe da Justiça". Eu serei a "Mãe da Misericórdia". Todas as freiras do Recolhimento que vou fundar, ao me verem nas galerias dessa Casa, respeitosamente inclinarão suas cabeças, e quando na ladainha citarem a "Mãe da Misericórdia" acrescentarão o meu próprio nome: Rosa Maria Egipcíaca da Vera Cruz Dois. Sim, é claro, porque há a Rosa Maria Egipcíaca Um, que é a minha padroeira. O padre Xota edificado mandará confeccionar um quadro e o colocará no altar do Recolhimento, e nele eu estou representada, não com os meus mantos doirados do Benim, mas sim com o hábito franciscano. Nas noites de tempestade, minhas roupas — como por exemplo uma blusa, ou saia, já preparadas para servir de relíquia após a minha morte — serão transformadas em pára-raios pelas freiras. Serei profeta. Terremotos. Dilúvios. Fruto da ira de nosso Deus revoltado. Acredito que posso dar de mamar ao Menino Jesus. Desprezam a raça negra? Eu serei a mais respeitada.

O sacristão muito gentilmente pede licença. Não o vi chegar.

— Ah! minha ilustre e boa senhora! A esta hora, fecho a igreja.

Pergunto:

— E padre Xota?

Ele responde:

— Um trabalho insano. Os casos de endemoniados se sucedem. As coisas mais incríveis se dizem pela boca, sem nenhum pudor. Ele saiu.

Despeço-me do sacristão. Ganho a rua. Venho andando lentamente. Descubro um grande cartaz colado no muro. Aproximo-me. Leio.

"Aviso de fuga do escravo Fortunato.

"Anda fugido o escravo crioulo de nome Fortunato, de vinte anos, com falta de dentes na frente, com pouca ou nenhuma barba, baixo, reforçado e picado de bexigas que teve há poucos anos. É muito pachola, mal-encarado, fala apressado e com a boca cheia, olhando para o chão. Costuma às vezes andar calçado, intitulando-se forro, e dizendo chamar-se Fortunato Lopes da Silva. Sabe cozinhar, trabalhar de encadernador, e entende de plantações de roça, donde é natural. Quem o prender, entregar à prisão e avisar ao seu senhor, o Desembargador Fonseca, receberá quinhentos mil de gratificação."

Resolvo logo que Leôncio descobrirá esse escravo e o comprará para mim e eu, imediatamente, providencio sua alforria.

De repente. Acontece. A dor é pungente. A lembrança de Sinhô. Ele morreu. É para sempre? Nunca mais o verei. Que é isso? Só agora eu me dou conta, mesmo. Sinhô... morreu. Os beijos. As carícias. Sua paixão. Aqueles tão variados modos seus de gozar. O coração terno de Sinhô. Sinhô jamais constante em um único caminho o que seria enfadonho e monótono. Eu, infeliz, julgando aquele amor doce... eterno. Ah! Sinhô. Sinhô e seu empenho, esforço e engenho em me proporcionar os mais vivos prazeres. Emocionante e voluptuoso, deitado comigo, libertando-me de minhas roupas, do meu manto doirado que eu enrodilhava tão bem. Conversando. Ele me calando com ardentes beijos na minha boca. Mas é mesmo... nunca mais? Distendo meu corpo. Endureço. Cerro minhas pálpebras. Tento desenhar o rosto de Sinhô. O que desejo mesmo é... morrer.

Alguém, uma voz rouca, se dirige a mim. Tosse. Estou na porta da minha casa. Olho. Seria um anão? Escondido em vasto capote de pano preto, gola em pé e cabeção. Usa um chapéu de lã parda cujas abas desabam, escondendo-lhe a face que adivinho horrenda. Convido:

— Entre, senhor Antônio Francisco.

Ele recusa. Oferece-me uma estátua.

— É presente, Rosa Maria Egipcíaca da Vera Cruz. Eu já soube. Teus escravos, todos alforriados. Meu presente é um São Jorge.

Aceito o presente. Ele se descobre.

— Veja como eu sou feio!

Carinhosamente, beijo o senhor Aleijadinho. Entro em casa. Ele se vai, rua abaixo. Coloco o meu São Jorge na cômoda da sala.

Ouço a voz... A voz que eu conheço mas não sei de quem é.

— Rosa Maria Egipcíaca da Vera Cruz ! Rosa Maria Egipcíaca da Vera Cruz!! Rosa Maria Egipcíaca da Vera Cruz!!!

Eu grito:

— Nomeie-se, por favor. Afinal, quem é você? O que deseja? Quero explicação.

Meu tio acode.

— Cuidado...

Pergunto:

— Já se decidiu? Matilde? Engrácia?

O príncipe Kacoumba leva um bom tempo pensando.

— Nem sei. Sinto-me velho. Já vivi tanto. O velho é desconfiado. Uma relação nova... assim tão íntima, não é fácil. Estou velho, sim. Tenho lágrimas nos olhos por qualquer motivo. O velho só tem prazer em estar junto com alguém que possua lembranças em comum com ele. Não sei nada destas moças. O pior é que estou começando a me sentir indiferente. Ter filhos nesta altura é perigoso. Como suportar o rancor juvenil de um filho? De preocupações, já são suficientes as que eu tenho com você. O dever da infância é aprender. A juventude e a maturidade gozam. Prazer. Amor. Na velhice é pensar. Dignamente preparar-se para a morte. Se possível reparar tudo o que puder ser reparado. Entregar-se ao dever religioso. Kulucumba, a Venerável Entidade Superior. Eu, velho, já devia estar me abstendo de carne, prática de bom resultado, pois facilita o comércio com a Divindade e com tudo que se relaciona com a vida que vem depois.

O sino da minha porta bate. Meu tio, pela janela, tenta ver quem é. Abro logo a porta.

Entra um homem alto, bonito, de olhar sedutor. Apresenta-se:

— Tiradentes.

Inclina-se diante de mim. Cumprimenta meu tio. Este responde secamente ao cumprimento de Tiradentes. Retira-se. O Alferes beija a minha mão.

— A senhora, Dona Rosa Maria, procurou-me. Sou-lhe muito grato. Acordo. Como. Bebo. Trabalho. Só tenho na cabeça a questão de que meio sacudo o jugo estrangeiro que estrangula o nacional. É assunto sigiloso, vou logo dizendo. Tenho confiança na senhora. Acredito na senhora, que tem esse nome tão bonito. Misterioso. Rosa. Prossigo.

Eu atalho:

— Sim, mate a minha sede. A sede de saber como é que se procede para fazer desta minha nova terra uma grande nação. Louvo muito o seu generoso procedimento. E ademais também soube que o senhor alforriou seus dois únicos escravos, o de nome João Benguela e o Caetano Mina.

Tiradentes se adianta:

— Tinha que fazê-lo, senhora Dona. Eles são meus irmãos colaços. Mamei nos peitos da negra, mãe deles. Minha ama-de-leite, mulher de virtude. Paciente e bondosa. Era eu um traquinas, perito em molecagens. Ela comigo jamais se zangou. Chorei muito quando morreu, a Negra Bá.

Tiradentes abaixa a sua voz e longamente me instrui. Conta-me todos os seus planos. Fala-me dos valentes homens já arregimentados. Cita os nomes dos conjurados. Homens cultos, de responsabilidade. Lutando contra a excessiva cobiça dos estrangeiros. Temos militares zelosos conosco. Prometemos acabar com a escravidão. E com essa aflitiva situação do nosso povo estrangulado com tanta dívida. Teremos uma bandeira com um verso do poeta Virgílio: "Liberdade, ainda que tardia."

Nossa conversa se alonga. Caprichada, mais no cochicho. Pede-me préstimo de idéia, dinheiro para armas e pólvora. Elogia-me porque não fujo dele como se Tiradentes tivesse uma moléstia de pegar, aleijar ou matar. Acabo prometendo uma grande cópia de ouro e tudo mais que ele quer.

Tiradentes despede-se. Persigna-se diante do meu São Jorge.

— O Santo que desafia os tiranos, os tormentos.

O Alferes logo se vai. Fica no ar um cheiro de capim novo. Recém-molhado de chuva. Colheitas próximas. Um leve aroma de jasmineiro florido.

Acendo todas as velas da sala. Matilde e Engrácia adentram. Vêm sobraçando caixas. Chamam por meu tio. Ali mesmo elas mostram tudo o que compraram. Tiveram bom gosto. Admiro e louvo as elegâncias. As duas vestem e se despem, trocam as roupas, os adereços, e acabam fazendo o meu tio rir. Tenho esperanças. Se tenho. De casar o príncipe Kacoumba com uma ou com outra.

Rapidamente Matilde e Engrácia largam tudo e se lembram de cuidar da nossa ceia.

Anunciam que teremos africanas, todas as comidas.

— Vatapá, munguzá, angu, canjica, pamonha, moqueca e outros quitutes, tudo dando água na boca.

Mais tarde, já à mesa, saboreando essas maravilhosas, eu, com habilidade, encaminho o assunto e peço:

— Quero saber muito sobre vocês, Matilde e Engrácia. Quem fala, hein? Eu e meu tio desejamos ficar a par do que... é novo.

Engrácia, rindo muito, não se faz de rogada.

— A história de Matilde é bem estranha. Vale a pena conhecê-la.

Matilde aquiesce.

— Sempre fico pensando que aconteceu ontem. Gosto de dizer que nasci naquela pequena cidade, em meio ao verde tão variado das matas com imponentes casas todas de pedra, contribuição de escravos à arquitetura local. Mas a verdade é que nasci mesmo no Rio de Janeiro.

"Minha mãe, tive mãe branca. Nasci assim escura, puxei a meu pai, um escravo, originário do Reino de Vili de Loango, ao norte do estuário do Congo. Minha mãe tinha como melhor amiga uma jovem, sua escrava, batizada com o nome de Mariana. Meu pai, Mutebá era o seu nome africano, era estimado pelo Barão. Seus serviços eram perfeitos e além disso ele cobria todas as escravas do Barão, proprietário de um grande Engenho nas arredores da cidade do Rio de Janeiro, chamado engenho do Encantado. O Barão era pai de minha mãe, uma bela mulher de olhos claros e cintura fina. O Barão gabava a força, a inteligência e sobretudo aquele mérito de meu pai, cobrindo escravas, aumentando-lhe o rebanho. Minha mãe gostava de passear para o lado do riacho, nos limites do engenho. Havia salteadores. Por isso o Barão ordenava que Mutebá a acompanhasse, com o fim de protegê-la. Minha mãe queria ir do outro lado do riacho. Mutebá a carregou nos braços e a depositou na margem, tentando ser gentil, beijou-lhe a mão. De repente, sem que nenhum dos dois se cuidasse, aconteceu... Mutebá cobriu minha mãe. Assustada, ela voltou e logo confidenciou tudo a Mariana, no segredo do seu quarto, na casa-grande. As duas teceram planos, um mês mais tarde. Fiadas nas saias rodadas, não se notava a gravidez de minha mãe. Ela vivia só com seu pai, no engenho. O Barão era viúvo. Não voltara a casar-se. O pai de minha mãe era inclinado aos seus negócios de fazer dinheiro. Chegou o tempo de dar à luz. Mariana foi primeiro e o seu bebê nasceu morto. Acontece que na mesma noite minha mãe teve o seu filho. Trocaram rapidamente as crianças. Fácil, nasci escura, passava por filha de Mariana. Esta, de madrugada, enterrou seu filho com a ajuda de Mutebá numa cova profunda, junto às raízes da mangueira. Minha mãe escolheu a árvore, certa de que esse menino, desmanchando-se na terra, veria de novo a luz do sol, subindo como seiva naquela mangueira e se dividindo em flores ou frutos. O segredo ficou bem guardado. Eu crescendo. Já com dez anos, um dia, meu pai foi picado por uma cobra venenosa. Não teve socorro a tempo. Morrendo, foi-se arrastando e pediu para falar comigo. Acudi, sem medo. Aí, ele me contou tudo.

Chamei minha mãe e Mariana. Ficamos as três, abraçadas, chorando. Meu pai exalou o último suspiro, mas antes me pediu:

"— Cuida da tua mãe. Há perigo.

"Prometi.

"Nesse mesmo dia, o Barão, eu diria meu avô, foi chamado com pressa a um dos seus outros engenhos. Ficava a muitas e muitas léguas do Rio de Janeiro, mas não muito longe desta cidade de Vila-Rica. Era aquele dito lugar onde havia por perto uma pequena localidade no meio de verdes matas com imponentes casas de pedra, contribuição de negros escravos do Barão.

"Ouvia eu, sempre, as conversas de minha mãe com a Mariana. 'Que faremos nós para que o Barão reconheça a menina?'

"Ela, a Mariana, respondia que não sabia. Minha mãe discorria sobre casos do seu conhecimento. Esperava o perdão do pai. Mariana balançava a cabeça: 'Sei não, é melhor dar tempo ao tempo. Conheço histórias de senhores com filhos gerados nos ventres das escravas e nenhum foi alforriado, nenhum foi reconhecido pela casa-grande. Seu caso, Sinhazinha, é complicado.'

"O Barão viajou com minha mãe, seguido de toda a escravaria que lhe era necessária.

"Os dias foram passando. Minha mãe passeava um pouco. Havia grutas formosas. O lugar é aprazível. O pequeno povoado está edificado numa montanha em meio ao verde das matas e o cinza prateado das pedreiras. Ao todo são bem trinta grutas.

"Minha mãe sempre me levava a visitar as grutas e

junto com a Mariana nós ficávamos horas e horas, passeando entre aquelas paredes estreitas e sinuosas. Havia uma outra gruta, chamada do Feijão, que encantava pela luminosidade e por alguns estranhos desenhos gravados nas rochas. A gruta do sobradinho tinha uma cascata, perto da entrada. Minha mãe sempre dizia que uma boa caminhada nessa região era a melhor maneira de desvendar os segredos da natureza. Nós sempre avistávamos imensas nuvens de borboletas, azuis e amarelas, que não se espantavam com as nossas presenças e mesmo pousavam em nossas cabeças. Havia um vale chamado Tuti-fruti, com inexplicável aroma de igreja, quero dizer, incenso e vela.

"As conversas de minha mãe giravam em torno do fato de meu avô aceitar-me ou não como neta. Minha mãe assegurava que um dia isso acontecia, e invariavelmente a Mariana respondia:

"— Sou com São Tomé, quero ver para crer.

"Para a senhora Dona Rosa Maria, agora se iniciando na sua nova Fé cristã, esse São Tomé era um dos doze apóstolos de Nosso Senhor Jesus Cristo, nascido na Galiléia e de família de pescadores. Seguiu durante três anos Jesus, até o dia de sua morte. Todavia, recusou-se a acreditar na ressurreição, dizendo que só aceitava que Jesus voltara à vida se ele visse nas mãos as marcas dos cravos e se pudesse colocar o dedo no sítio onde tinham estado as chagas feitas pela lança dos soldados, ferindo Nosso Senhor. Oito dias depois de ter morrido, Jesus apareceu aos seus discípulos e dirigindo-se a Tomé disse: 'Dá-me o teu dedo e o coloca na ferida do meu flanco e não sejas mais incrédulo, e sim fiel.' Aí Tomé acreditou que Jesus tinha ressuscitado. A incredulidade de São Tomé tornou-se célebre e ficou como sinônimo daqueles que não acreditam numa coisa sabida senão depois de a terem bem examinado, tocado com o dedo a verdade do que lhes afirma.

"Minha mãe tinha certeza de que meu avô a perdoaria pelo muito amor que lhe dedicava.

"Mas o Barão não gostava de nossos passeios. As grutas, elas tinham fama de fazer desaparecer pessoas. Um caso bem conhecido na região era o de um pesquisador que se aventurou pela gruta do Cachimbabo, tida como passagem subterrânea que liga o lugarejo a Machu Pichu, no Peru. Desse destemido nunca mais se teve notícia. Outra história contada é a de um menino que desapareceu na frente dos pais e de um irmão menor, numa passagem para outra dimensão. No povoado há uma igrejinha, azul, da cor do céu. Guarda pinturas de um certo José da Natividade, que foi discípulo do Aleijadinho. No altar-mor tem imagens de São Tomé.

"Meu avô nos últimos tempos, freqüentemente, levava para o seu leito uma negra de olhar fugido que se chamava Escolástica. Um dia, eu passava perto dela e do Barão. Ela saiu-se com esta.

"— Quem diria? Essa menina me lembra sua filha mas de cor preta e leva o jeito daquele negro escravo que o senhor tanto estimava, era conhecido pelo nome de Mutebá.

"O Barão persignou-se. Rosnou com fúria.

"— Não me diga tal atrevimento. Se verdade fosse, eu mataria sem dó e sem piedade a minha filha.

"Corri a contar o que ouvira à minha mãe e à Mariana. Esta propôs um passeio às grutas para acalmar nosso medo e ansiedade.

"Fomos.

"Minha mãe ajoelhou-se. Eu e Mariana também. Piedosamente, mãos postas, com fervor, ela invocou São Tomé.

"— Salve, São Tomé! Piedade, meu pai quer me matar. Dê-me um lugar seguro, longe da ira do senhor Barão.

"No mesmo instante, ouvimos um estrondo na entrada da gruta. Corremos para lá. No céu, pairava a pouca distância um círculo, uma roda. Parecia um disco, todo de prata. Veio descendo. Pousou perto. Uma porta se abriu, naquele círculo de metal brilhante. Desceu uma rampa. Por ali passaram alguns seres, nunca vistos por nós. Tão estranhos. Quem seriam? Anjos? Também vestidos de prata. Emitiam sons que pareciam sair de pequenas caixas embutidas no alto de suas cabeças. Faiscavam.

"Minha mãe me beijou demoradamente. Beijou Mariana. Não disse uma só palavra. Foi ter com eles.

"Nós duas, cheias de medo, vimos que ela, com eles, subia a rampa do disco, e pela porta que ficara aberta sumia lá dentro. O disco ganhou o céu. Dissolveu-se no horizonte.

"Quando o Barão soube do desaparecimento de minha mãe, teve um profundo desgosto. Não acreditou na história que lhe contamos. Afirmou:

"— É obra de ciganos. Raça de fama sinistra.

"Vendeu seu engenho. Vendeu todos os escravos. Não sei para onde foi Mariana. Quanto a mim, engrossei o rebanho do senhor Governador.

"Honra seja feita, nunca fui maltratada e nunca me faltou comida. Sempre andei bem trajada com panos de qualidade. Usando calçado. Jamais pisando o chão com o pé nu.

Nós todos ficamos algum tempo em silêncio. Depois, eu digo:

— Não suporto essa palavra escravo. Sei que em todas as casas-grandes há um quarto onde se guardam instrumentos de tortura. Máscaras de ferro para a cara, gargalheiras, colar de pescoço triturando a carne. Grilhões que se amarram nos tornozelos. Anjinhos, esse anel de pressão que envolve os polegares dos pés e das mãos e se apertam gradualmente. Vira-mundo, os ferros, onde se metem mãos e pés. Peias. Óleo para besuntar escravos e oferecê-los aos insetos, especialmente abelhas, marimbondos e formigas. Estas coisas são para mim um soco no estômago.

Meu tio me esclarece:

— Adiantei-me a você, Xirico. Deitei tudo isso fora. Joguei no rio, engrossado pelas chuvas, e que corre do lado oeste da sua casa. Poupei apenas um chicote por causa do seu cabo todo em ouro, cravejado de pedras preciosas. Serve para você passear a cavalo por aí, nas cercanias de Vila-Rica.

Levanto-me. Faço um largo sinal-da-cruz diante do meu São Jorge. Pergunto à Matilde e à Engrácia:

— Acredito que vocês saibam mais do que eu a

respeito de santos dos cristãos. Quem é São Jorge?

Engrácia responde:

— Ah, minha senhora Dona Rosa Maria. Este santo é o mais louvado nos terreiros de mandingueiros e calunduzeiros. Ele é o preferido das feiticeiras.

Agradeço a meu tio a sua boa idéia de jogar fora os instrumentos de tortura e peço à Engrácia que nos conte a sua história.

Engrácia põe a mão no peito:

— Ah, senhora Dona Rosa Maria, a minha história é ousada. A senhora me vê assim tão alegre. Colhendo em toda parte a flor do riso. Esse foi o único meio que encontrei para esquecer-me do que se passou. Acredite. Nem sei como não perdi o juízo. Quanto a crer no que vou contar, não carece, se não quiser. Quem conhece os outros é bem esperto, mas quem se conhece é muito mais. Quem supera os outros é chamado de forte, mas quem se vence é mais forte ainda. Isso quem dizia era meu pai. Um homem muito conceituado do Zimbabwe. Ali havia um rio chamado Saba. Eu e meu pai passeávamos às suas margens. Encontrávamos hienas de caninos feios, dentes enormes, ancas desproporcionadas. Mas meu pai e elas eram amigos de longa data. As hienas não nos incomodavam. Havia um babuíno que se punha em frente do meu pai. Olhava e olhava. Ia embora. Meu pai ria: "Ah, ele enjoou de mim."

"Falo daquela ave gigantesca que bota ovos maiores que o de avestruz e tem força para carregar no bico um homem. Não nos molestava. Eu gostava muito de admirar as girafas pastando folhinhas tenras de árvores com os seus pescoços compridos, esticados. Só nos púnhamos a salvo quando surgiam manadas de zebras enlouquecidas e que estavam emigrando para o sul. Aí, ficávamos quietos, mergulhados no rio.

Neste momento exato, eu, o príncipe Kacoumba, Matilde e Engrácia ouvimos, perfeitamente, um marchar de soldados na rua. Meu tio se assusta. Abraça-se comigo.

— Ah, Xirico, não gosto da sua amizade com esse alferes de nome Joaquim José da Silva Xavier. Não passa de um louco. Temo demais a justiça del-Rei. Ele vai causar a morte de seus amigos. Que conspiradores são esses que tramam seus enredos em salões? Comendo bolinhos? A senhora Marília tocando piano. O senhor Dirceu fazendo-lhe versos. Todo mundo sabe o nome dos inconfidentes. Há padres discutindo idéias filosóficas, idéias libertárias norte-americanas e um homem chamado Rousseau. Chegou também um jovem daqui de Vila-Rica e que viajava pela Europa, é o doutor Maciel, que anda para baixo e para cima com o Tiradentes. Isso acaba mal. Afaste-se deles, Xirico.

Matilde, gentilmente, pede para falar.

— Ah, príncipe Kacoumba, não é nada disso. Nós soubemos na loja onde compramos roupas de fidalgo que o governador a partir desta noite determinou que os soldados patrulhem as ruas. É que, além desses casos de o Diabo se metendo no corpo de gente, surgiu mais um: os salteadores das estradas que existem na serra da Mantiqueira, no caminho de Minas Gerais para o Rio de Janeiro, chefiados pelo famoso Mão de Luva, saquearam casas nos arrabaldes desta cidade. Os soldados são para defender as ruas, as casas e os moradores.

Meu tio parece mais calmo. Contudo resmunga:

— Estou velho. Velho gosta de comer e... dormir. Vamos, apaguem-se as velas. Eu quero candeeiro para iluminar o caminho que vai ao meu quarto.

Engrácia, muito faceira, segura a mão do meu tio.

— Príncipe Kacoumba, eu vou caprichar nas comidas.

Matilde enciumada logo declara:

— Pois bem, o seu leito que já é macio doravante, prometo, vai ficar ainda muito mais confortável.

Eu digo apaziguando:

— Boa noite!

E vamos todos dormir.

Mas custo muito a conciliar o sono. E o pior é que quando consigo enfim descansar, o que é que sonho?

Pobre Alferes. Eu o vejo algemado, conduzido à rua, cercado de soldados. A cidade é o Rio de Janeiro. Há muita tropa vestida de grande gala por todo lado. Os cavalos das autoridades ostentam ferraduras, arreios, estribeiras de prata e crinas e caudas enfitadas. As roupagens das selas são da melhor seda, o melhor veludo, e as mantas são franjadas de ouro. Soam os clarins. A massa popular se derrama por toda parte. Há frades de um convento se espremendo por entre os varões de ferro das janelas, para ver melhor, e todos eles com olhos espantados.

Tiradentes aparece comboiado pelos soldados e um padre confessor, e logo atrás vêm o carrasco, o novelo da corda e homens que eu não conheço e que vão testemunhar a execução. Matam o Alferes? Na altura de um Recolhimento, leio o nome "Recolhimento do Parto", um cântico sereno sobe aos céus. São as recolhidas cantando uma ladainha. Tomo nota disso para que, quando fundar o meu Recolhimento, tenhamos assim pobres coitadas que saibam cantar sem desafinar. Tiradentes sobe uma escada, seguido do carrasco e do confessor. Ninguém incita, ninguém aplaude. Há silêncio e respeito. Tiradentes pára no alto. Pede ao algoz que lhe abrevie a morte. O carrasco desenrola a corda.

Acordo muito suada. Vejo que já é dia. Abro a janela. Lá fora, neblina grossa. Faz frio. Levanto-me. Cuido-me. Capricho na toalete. Uso gotas de perfume de um frasco que está à mão.

Quando entro na sala para a refeição matinal, meu tio já bem-posto, muito bem-trajado, comendo com apetite, comendo bons petiscos, cercado por Engrácia, mimado por Matilde, elas tão elegantes e os três a rir de qualquer coisa que eu não sei o que é, mas que deve ser divertida.

O sino toca. Engrácia atende à porta. Eis o senhor Leôncio no seu melhor traje, cheio de mesuras, obsequioso.

— Ah! os casos se multiplicam. Endemoniados por todo lado, senhora Dona Rosa. Desabou a epidemia.

O príncipe Kacoumba indaga:

— Quem são os enfeitiçados?

Leôncio, a convite meu, senta-se à mesa. Entre uma broa e um gole de leite, bem saboreados, vai contando:

— Duas senhoras, quem diria? Das bem recatadas, Uma que comunga todo dia e se confessa todo sábado. E ainda há de quebra o senhor marquês, de estirpe tão nobre, aparentado com el-Rei. Uma das senhoras saiu da cama, correu à rua, em camisa, quase nua, e está lá berrando, diante do palácio do senhor Governador: "Um passado só agora descoberto. Minha vida. Mistério escondido. Pasmem, eu sou, garanto, a pior gata no cio, Tenho olhos azuis, inocentes. Topo qualquer estripulia. Meu cabelo é suave. De sexo não falo. Mas pratico. Não nego meus desejos. Apesar de não gostar de ver sangue. Eu enjôo. Tenho amizade particular, isso aí que vocês imaginam, com um farmacêutico que sabe tudo sobre venenos."

"O caso do marquês é pior. Também foi ao governador e declarou: 'Nesta Capitania todas, todas as mulheres são putas. Mas para que a minha filhinha de três anos chegue ao matrimônio toda pura, garanti-lhe a castidade. Chamei a Aparadeira de Meninos. Ameacei-a com o meu bacamarte. Dou-lhe um tiro. Estou pronto, se não obedecer imediatamente. Corte o clitóris e os lábios da minha menina, minha filhinha adorada, tão estremecida, se casar o marido não terá dúvidas sobre a sua virgindade. Só o que ele tem a fazer é na noite de núpcias enfiar uma adaga, já que a abertura dela precisa ser aberta. Está fechada com cicatriz.'

"O governador, quando soube, levantou os olhos para o céu. Balbuciou aturdido: 'Não dá para imaginar uma coisa destas... Tenho arrepios na espinha. Circuncisão feminina? Que é isso?'

"Chamaram o médico. Prenderam o marquês, apesar de toda a sua qualidade. A menininha não resistiu: morreu. Quando o padre Xota chegou, acompanhado por frei Alberto, era tarde. O marquês enjaulado na prisão, sem os sinais de endemoniado, chorava sem parar, soluçava amargamente.

Aconselho:

— Bem, senhor Leôncio, não podemos chegar atrasados. A missa é cedo. Vamos?

Saímos todos. A caminho o senhor Leôncio me pergunta:

— O que devo fazer, senhora minha? Morreu-me uma parenta velha. Acima dos noventa anos. Morava comigo. Enterra-se amanhã. Hoje é o velório. O que devo servir à noite? A senhora é sábia. Tem mesa guarnecida. Os bolinhos que comi eram maravilhosos. As panquecas, oh céus!

Respondo:

— Pois a noite inteira, do começo ao fim, café é indispensável. Mantém todo mundo acordado. Para quem atravessou a madrugada, ofereça café completo, com leite, pãezinhos, queijo amarelo e branco, uns biscoitinhos, bolo de aipim, cuscuz e arroz-doce com canela. Se o senhor tiver no velório gente de muita categoria, apele para uma canja à meia-noite. Como se vê, tudo simples. Em consumição basta e sobra o defunto em casa.

Um homem de meia-idade, montado num cavalo baio, se apeia. Cumprimenta-me todo afável.

— Senhora toda bela, Dona Rosa Maria! Salve.

Olho esse senhor de alto a baixo. Quem seria? Leôncio cochicha: "Já foi cometa e mascate. Hoje tem mina de ouro."

O homem usa chapéu de feltro. Veste camisa de algodão grosso caído fora das calças. Alpercatas de couro de boi cru. Uma vistosa toalha de crivo pendente do pescoço que com certeza serve para enxugar o suor, quando o sol se puser inclemente demais. Mas o que me chama deveras atenção é o chicote que ele leva na mão. Na tira, preguinhos espalhados. Que chicote bom. Não tiro os olhos do chicote. O homem percebe.

— Sou Matias de Souza. Admiro Pombal. Minha mãe era uma libanesa. Foi esse grande ministro português que permitiu a vinda ao Brasil de sírios, egípcios e libaneses, quase todos oriundos do Mediterrâneo. Nossa gente chama todos eles de turcos. Isso porque era o governo turco a que estavam submetidas suas pátrias que lhes dava passaporte. Então, indistintamente sírios, egípcios e libaneses são denominados turcos. Estamos a ver que o mascate, por causa dos libaneses, foi influência fenícia em nosso meio. O nome mascate vem do árabe. Mascate é uma cidade na costa sul do golfo de Omã. Quem trazia mercadorias de lá era sempre chamado de mascate. Mas, minha senhora, não quero tomar o seu tempo. Meu destino é o Rio de Janeiro. Comerciar pedras preciosas. Viagem dura. Consome pra lá de trinta dias. Fiz testamento. Confessei e comunguei. Despedi-me da família. Fiquei comovido: choraram. Segui o seu exemplo, alforriei os meus escravos. Viajo como se fosse à guerra. Mil perigos espreitam-me na estrada, e sem falar do que me espera no Rio de Janeiro. Febre amarela que mata à toa à toa, cólera e não sei que mais. Já percebi que o meu chicote lhe agrada. Receba-o de presente. É seu.

Aceito o chicote com muito gosto, para espanto do meu tio, da Matilde e da Engrácia. O senhor Leôncio já se acostumou com as minhas extravagâncias. Desejo boa viagem ao senhor Matias de Souza. Ele monta. Num bom trote, se vai.

Matilde me parece triste. Quero saber o motivo. Ela confessa:

— Tenho saudade de minha mãe que num disco prateado sumiu no céu. Ela, quando me beijava, só me chamava carinhosamente de café-com-leite.

Engrácia consola:

— Foi uma honra. Isso acontece com gente especial. Elias, o profeta do Velho Testamento, também não morreu. Foi arrebatado num carro de fogo, dizem as Escrituras, para o céu.

Chegamos. Igreja cheia de gente. Cumprimento aqui e acolá. O príncipe Kacoumba é a grande atração. Mas todos sabem quem eu sou: a dona da melhor mina de ouro. Escolhemos um banco. Nós nos acomodamos.

Engrácia me toca no braço.

— Veja, Dona Rosa Maria. Os índios! Os que chegaram no mesmo dia em que a senhora a fim de parlamentar com o senhor governador. São cristãos. Batizados. Vieram à missa cumprir obrigação.

Fico revoltada.

— Quê? Reconheço esses dois índios.

É mesmo o chefe. Sentado ao lado do outro índio de bela carnadura. O resto do cortejo de emplumados, todos com arco e flecha dentada, usando tanga de fibra em franja e com batoques de madeira que introduziram em perfurações nos lobos da orelha e do lábio, se arranja no fundo da igreja, encostados nas paredes do templo. É isso aí. Os dois pilantras que armaram rede na praça e se meteram dentro. E essa rede começou a rugir e eles a ofegar em trabalho nefando, e um disse ao outro em sua língua: "Queres mais?" Que pecado!

Engrácia concorda. Chama minha atenção para uma senhora, ricamente trajada com jóias de valor, e que vem vindo, sorridente, segurando a mão de uma menininha de seus oito anos, graciosa no seu vestido de babados e laçarote entre os cachinhos.

Matilde franze o nariz:

— Que vexame...

E agora no meu ouvido:

— É a Dos Anjos. Sim, a Maria dos Anjos, a que gosta de pôr a mãozinha naquela parte que nos distingue dos homens, e onde ela, com fricção suave, se proporciona prazeres que não podiam ser conhecidos por uma garotinha tão novinha. Que pecado!

Levanto-me decidida. Empunho o meu chicote. Grito:

— SER UM BOM CRISTÃO É EXPULSAR DO TEMPLO O PECADOR!!!

Avanço para os dois índios. Chicoteio-os a valer. Eles, com o rosto lanhado, escorrendo sangue, fogem espavoridos, acompanhados pelos outros índios que estavam lá no fundo da igreja.

Agora é a vez da menininha. Vou castigando sua *mbunda* (nádega) sem dó nem piedade. Grita a menina, grita a mãe. Esta arrebata a Dos Anjos da minha mão e também se põe em fuga.

Olho padre Xota ao meu lado. Com frei Alberto. Padre Xota me asperge água benta. Benze-me na língua mágica:

— *In nomine Patris, et Filii, et Spiritus Sancti.*

Frei Alberto, esse me encharca de água benta. Dá-me um banho. Pingo água no chão. Negaceia pra lá e pra cá com um belo crucifixo de marfim:

— "Eu te exorcizo, espírito maligno. Retira-te em nome do Pai, do Filho, e do Espírito Santo. Cede teu lugar ao Espírito Santo, pelo Sinal-da-Cruz."

Novamente padre Xota me abençoa.

— *Dominus vobiscum.*

Eu, inteiramente calma, cochicho em seu ouvido:

— Por favor, padre Xota, em nome de Cristo, estou muito bem. Não vou mordê-lo, não estou agressiva, não vou vomitar verde. O senhor me disse que ser um bom cristão, só o que eu tinha que fazer era do templo expulsar o pecador.

Padre Xota guarda silêncio. Depois me adverte:

— Então, de joelhos, assista à missa pensando nos sofrimentos de Nosso Senhor Jesus Cristo na cruz.

Prometo logo com um sorridente "Sim".

Padre Xota, seguido por frei Alberto, encaminha-se para o altar e com mágicas palavras inicia a sua missa.

— *Introibo ad altare Dei.*

Quia tu es, Deus, fortitudo mea!

Súbito... mas o que é isso? Padre Xota e frei Alberto desaparecem. Some o altar. Onde estão o príncipe Kacoumba, Matilde, Engrácia? Onde estão os fiéis que ouviam a missa? Não vejo ninguém. Pessoas, altares, bancos, a igreja? Estou só. Tudo branco. Será que eu também? Vou desaparecer? Invoco o Deus cristão. Não. Oh! Lá vou eu, para onde?

DE COMO ROSA MARIA EGIPCÍACA DA VERA CRUZ A DURAS PENAS CONSEGUE VOLTAR

Raul entreabre a porta do meu quarto.

— Terminou o romance?

Estiro meus braços. Massageio um pouco o pescoço. Sinto-me bem. Sei que tenho apenas um breve tempo para uma ducha e um rápido café da manhã. Virei um dia e uma noite.

Sim, terminei o meu romance. Tens as passagens no bolso? Minha bagagem e a tua, creio que estão prontas. O aeroporto. Bahia de São Salvador. É claro que o almoço no Palácio das Águas Claras com o governador de Brasília, o ministro da Cultura da Nigéria, Tony Momok e o escritor Wole Soynka, Nobel de Literatura de 1986, já perdemos. Mas, pelo menos, chegamos a alcançar a mesa-redonda, os debates com as autoridades brasileiras e as africanas. O rei de Ketu, Adé

Tutu, descendente direto de Oxosse, protetor do mato e da caça, também conhecido pelo nome de São Jorge; e Daggbo Hounon Houna, Chefe Supremo dos Voduns; os ministros da Cultura, Ousmane Batokô; das Relações Exteriores, Guy Hazoumé; da Indústria e Comércio, Giri Gissou, e o prefeito de Cotonou, Gandonov Codjá, além dos dançarinos e artesãos do Benim. Vai dar tempo, igualmente, de comparecermos à capital paulista para a inauguração de uma mostra de artesanato beninense no Museu de Artes de São Paulo.

Consegui. Virei um dia inteiro e uma noite, mas terminei o meu romance. Estou pronta. Em duas horas estamos em Salvador.

Raul me atira um beijo, sorri.

— Eu sei. José Carlos nos leva ao aeroporto.

Apresso-me. Corro ao chuveiro. Raul sai.

A água escorre boa e tépida no meu corpo.

Sim. O que eu vou colocar nos debates: "Em determinado momento histórico os Reinos da África tinham uma cultura, em certos aspectos, nitidamente superior à européia. Racismo e preconceito impedem esse reconhecimento. Em mineração, por exemplo, eram superiores. Os iorubas trabalhavam cobre e estanho de maneira excepcional. Gana e Nigéria conheceram enxadas de ferro muito antes dos portugueses. Mas não era só a superioridade técnica no uso dos metais. Uma das mais antigas universidades, e famosa, era a Universidade de Sankore, na cidade de Timbuktu. Respeitada pelos egípcios, que aí recrutaram muitos desses professores para ensinar no Cairo."

Fecho o chuveiro. Enrolo-me na toalha. Volto ao quarto. Surpresa. Dou com Rosa Maria Egipcíaca da Vera Cruz deitada na minha cama. Ela fala:

— Todo romance tem começo, meio e fim. Você, escritora, pluft! Mandou tudo pelos ares. Onde estão os personagens? Só eu consegui voltar. Por quê? Sou neta de Derumo. Também conheço arte mágica.

Respondo calma:

— Escrevi um romance exatamente com um começo, um meio e um fim. Tirei da cartola uma lebre, aquela pomba que voa e lenços das mais variadas cores, isto é, enredo, situações, personagens e tudo isso com que fim? Meu romance, ou seja, meu mergulho no antigo, tem um propósito: resolver o que não foi resolvido, inventar para desabafar, consertar o desconsertado. Na hora em que consegui, deitei fora personagem.

Você é uma tola.

Rosa Maria Egipcíaca da Vera Cruz levanta-se.

— É possível. Você chamou-me algumas vezes e eu não reconheci a sua voz. Tenho saudades do padre Xota. Gostaria de rever Ismael, este negro soberbo de altivas maneiras. Você tem medo da morte?

Resmungo:

— Padre Xota livrou-se do seu cinturão de espinhos. Já nem se castiga mais. Ismael, *Asslamu Aleikum* (Deus o abençoe), portou-se tão bem: sumiu no intrincado de ruas e vielas do velho Cairo.

Um escritor se movimenta num universo inventado. Agora, passo eu para o universo de verdade. Dê o fora, Rosa Maria Egipcíaca da Vera Cruz; você cumpriu perfeitamente ao que veio. Eis o FIM. Obrigado. Não seja tola. Não insista. Eu viajo agora para Salvador, na Bahia.

Rapidamente faço minha toalete. Reforço sobrancelhas. Pó-de-arroz. Batom nos lábios.

Quando termino, olho à roda. Não vejo mais, Deus seja louvado, Rosa Maria Egipcíaca da Vera Cruz . Saio, cantarolando: A vida é boa.

Impresso no Brasil pelo
Sistema Cameron da Divisão Gráfica da
DISTRIBUIDORA RECORD DE SERVIÇOS DE IMPRENSA S.A.
Rua Argentina 171– 20921-380 Rio de Janeiro, RJ – Tel.: 585-2000